KB187435

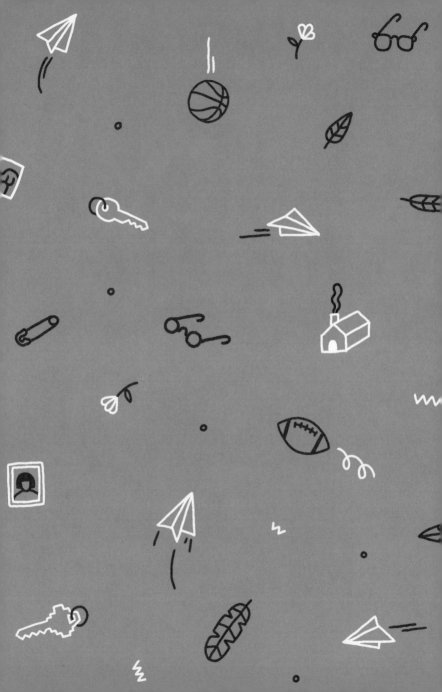

Are
You
Happy? 어때요,
행복한가요?

LOS SECRETOS QUE JAMÁS TE CONTARON

어때요,
행복한가요?

알베르트 에스피노사 Albert Espinosa | 원 마리엘라 옮김

책/이/있/는/풍/경

일러두기 이 책의 주석은 옮긴이 주입니다.

가장 뛰어난 발리* 선수였던
나의 아버지께 바칩니다.
당신의 발리는 나를 살아있게 하고
행복하게 했습니다.
감사합니다.

알베르트

---

* 발리(volley): 테니스에서 공이 땅에 바운드되기 전에 쳐서 넘기는 기술.

프롤로그

이 책은 단순한 책이 아니다. 나는 반드시 이 책을 써야만 했다.

세상에는 그 누구도 말해주지 않기 때문에 내가 다른 사람들에게 알려줘야 할 비밀들이 있다. 우리에게는 태어날 때 이 세상을 살아가기 위한, 그리고 행복해지기 위한 인생의 매뉴얼이나 지침서가 주어지지 않는다.

사실 그리 어려운 일은 아니다. 단지 그러한 매뉴얼이나 지침을 아무도 먼저 말해주지 않을 뿐이다. 그들은 우리가 돌에 걸려 넘어지길 바라는 것인지도 모른다. 실은 그들이 절대로 말해주지 않는 행복의 비밀이 존재하는데도 말이다. 나는 내가 아는 모든 비밀을 공유하려 한다. 이 책을 읽고 당신도 당신만의 행복의 비밀을 공유하길 바란다.

내가 세상에서 발견한 모든 행복의 비밀을 이 책에 담았다.

내가 나의 비밀을 털어놓는 이유는 우리가 함께 이 세상을 바꿀 수 있고, 이 세상의 과반수가 되어 사람들의 부정적이고 슬프고 절망적인 생각을 바꿀 수 있다고 믿기 때문이다.

잊지 마라, 살아있으려면 살아야 한다.

이 책은 3장으로 구성되어 있다. 모든 장을 깊이 들이마시고 영감을 얻길 바란다.

이 책은 단지 읽히기 위해서가 아니라 영감을 주기 위해 쓰였다. 이 사실을 절대로 잊지 말기를.

1장에서는 사람들이 말해주지 않는 행복의 비밀에 대해 다룬다. 단숨에 쓴 글이다.

아버지가 돌아가신 다음 날, 내가 알고 있는 비밀을 사람들에게 알려야겠다고 결심했다. 각 페이지를 큰 글씨와 적은 양의 글로 채웠다. 나의 머릿속에 떠오르는 형식대로 쓴 것이다.

'나'의 생각뿐 아니라 '내면의 내'가 가진 생각들도 담았다. 단숨에 쓴 글을 마무리한 후 나는 이 부분이 1장으로 적합하다고 결정했다. 그날 내게 떠오른 중요한 것들, 누군가가 내 귓가에 속삭인 것을 그대로 담았기에, 되도록 그 후 내용에 수정을 가하지 않으려 했다.

2장에서는 이 세상을 살아가는 방법에 대한 비밀을 이야기한다. 그 비밀을 한 문장으로 풀고, 그 문장을 간단한 지침서 형식으로 설명해놓았다. 어떤 사람에게는 한 문장만으로 충분할 테고, 어떤 이들은 설명을 참고하면 도움이 될 것이다. 또 어쩌면 그 문장에 자신만의 설명을 추가하고 싶은 독자들도 있을 것이다.

2장은 1장의 확장이라 할 수 있으므로, 1장에 이미 나왔던 문장을 2장에서 좀 더 깊이 있게 설명한다.

3장에서는 '달콤한 가위질'에 관해 이야기한다. 여기에는 내가 소중하게 생각하는 명언들과 내 삶의 몇몇 조각들, 그리고 독자들에게 권하는 책·영화·음악 등을 정리해두었다. '달콤한 가위질'이란 대체 무엇일까? 곧 알게 될 것이다. 모두 우리 주위에서 얻을 수 있는 영감들이다.

이 책은 마지막 내쉼을 의미하는 에필로그로 끝이 난다. 당장은 여기까지만 알려주겠다. 그 전에 각 장의 내용을 모두 들이마시면 에필로그의 의미를 이해할 수 있을 것이다.

이 책을 쓴 이유는 독자들이 향기를 느끼고, 내용을 삼키고, 영감을 얻게 하기 위해서다.

이 책을 쓸 때 내가 즐거웠던 것만큼 여러분도 이 책을 읽으며 즐거웠으면 좋겠다.

나를 살아있게 하는 것, 나에게 도움이 되었던 모든 조언, 내가 발견한 모든 비밀을 담으려 노력했다.

그리고 독자들이 직접 자기만의 내용으로 채울 수 있도록 책 곳곳에 빈 공간을 남겨두었다. 거기에 마음껏 낙서를 해도 좋고 자신의 글을 써 넣어도 좋다.

마지막으로, 공유하고 베푸는 것이야말로 의미 있다는 점을 기억하기 바란다. 모든 것의 기본은 주는 것이니, 쥐고 있지 말기를.

이 세상이 말하는 나의 자존심, 권위, 쾌락에 대한 수많은 거짓 정보들에 속지 않기를 바란다.

인간 개개인은 자연의 법칙이며, 그 강력한 에너지는 당신의 손에서 아주 중요한 것으로 바뀔 것이다.

각자의 힘, 각자의 자연의 법칙이야말로 이 세상에서 제일 위대한 것이다. 그것은 우리의 가장 큰 자산으로, 당신을 절대로 외롭지 않게 해줄 것이다.

이제야 이 책을 쓰는 이유는?

　독자들에게 이 책은 어쩌면 자기계발서로 읽힐 것이다. 나는 이 책을 꼭 써야만 했고, 책을 쓰는 것 자체가 나에게도 도움이 되었다.

　9월 17일, 나의 아버지가 돌아가셨을 때, 내 일부는 그와 함께 죽었다. 그리고 또다시 살아갈 힘을 얻었다. 《노란 세상(El Mundo Amarillo)》*에서, 나는 죽기 전까지 절대로 내가 배운 일곱 가지 행복의 비밀에 대해 말하지 않겠노라고 다짐했다. 그

---

*작가가 쓴 첫 책으로, 한국에서는 '나를 서 있게 하는 것은 다리가 아닌 영혼입니다'라는 제목으로 출간되었다. 작가는 열네 살 소년 시절부터 10년간의 암 투병으로 한쪽 다리와 폐, 간 일부를 잃는 힘겨운 시간을 보냈지만, 스물네 살 완치한 후에 자신의 책을 통해 독자들에게 삶의 위로가 되는 따뜻하고 유쾌한 메시지를 전달했다.

러나 아버지가 돌아가신 날 나의 일부분이 죽어서 다시 살아 날 수 있었기 때문에, 바로 지금이 비밀을 말할 때라는 생각이 들었다.

아버지와 마지막 순간을 함께하며 나는 생각했다. 아버지를 잃는 순간을 견디게 해주는 책이 있어야 한다…. 왜냐하면 아버지는 인생에서 가장 중요한 사람 중의 한 명이니까….

연인을 잃는 것,
몸의 일부를 잃는 것,
환상을 잃는 것,
자식을 잃는 것,
잃는 것이란….
잃는 것은 얻는 것과도 같다.

누구도 말해주지 않는다.
모두 모른 체하지만…
잃는 것은 모두 얻는 것이기도 하다.
이는 행복해지기 위해 알아야 할
이 세상의 가장 기본적인 것 중 하나이며,
중력의 중심이 되는 것이다.

그동안 당신은 이렇게 배웠을 것이다. 무엇도 잃어버리지 말고, 슬퍼하지도 말고, 행복을 찾으라고. 두려움에 맞서지 말고, 조용히 살라고. 걱정에 싸여있으라고. 싸우지 말고, 순응하며 살라고 말이다.

지금까지 배운 것은 모두 잊어라! 모두 아무런 쓸모가 없는 것들이다! 그런 규칙들은 모두 우리가 어려움에 맞서지 못하도록, 행복해지지 못하도록 하기 위해 만들어진 것이다.

이제 당신이 정말 행복해지고자 하는지 자문해봐야 한다. 삶을 바꾸고 싶다면, 지금이 바로 그때이다.

이 책을 읽다 보면 당신 주위의 모든 것이 변하고, 당신 또한 변하게 될 것이다.

하지만 '준비운동만 하는 선수들'*은 당신을 공격해올 것이다.

'준비운동만 하는 선수들'이란 누구를 말하는 것일까? 나는 테니스를 아주 좋아하는데, 공을 칠 때 위험을 감수할 마음은 눈곱만큼도 없이, 아무 생각도 하지 않고 거의 기계적으로

---

*경기에 직접 뛰지 않고 연습 공을 치는 사람. 작가가 말하는 '준비운동만 하는 선수'란 '발리를 잘 구사하는 선수'와 대조적으로, 모험의식이 없고 소극적인 사람을 가리킨다.

공을 치는 사람들이 있다. 그런 사람을 나는 '준비운동만 하는 선수'라고 부른다.

'준비운동만 하는 선수'의 특징은 변화를 싫어한다는 것이다. 이 세상에는 그런 이들이 수없이 많다. 수백 명, 수천 명, 수백만 명에 이를 것이다.

그들은 당신의 어떠한 변화라도 비판할 테고, 행복해지는 일은 불가능하니 변화하려 하지 말라고 말할 것이다. 또 잃는 것은 잃는 것이니 바보 같은 짓을 하지 말라고 충고할 것이다.

그들은 이 세상에는 의무적인 일들이 있다고 말할 것이다. 모든 사람들이 다 원하는 일을 하고, 자유롭게 결정하며, 의무나 욕망이 없다면, 이 세상이 도대체 어떻겠냐고 질문할 것이다. 그럼 당신은 이렇게 답하면 된다. "우리가 해야 할 일만 한다면… 이 세상이 대체 무슨 의미가 있겠어?"라고.

그들은 신경 쓰지 마라. 자신의 무리와 놀게 놔둬라.

당신은 공이 땅에 닿기 전에 공을 쳐내는 '발리를 구사하는 선수'가 돼라. 발리를 구사하는 선수는 인생을 대할 때, 그리고 불공정을 대할 때 매우 빠르고 직감적으로 움직인다. 발리에 뛰어난 선수가 되는 것은 인생에서 가장 중요한 일 중 하나다. 당신은 위험을 감수해야 한다. 이는 언제나 옳은 답이다.

이 세상에는 두 종류의 사람이 있다. '발리를 구사하는 선수'와 '준비운동만 하는 선수'.

우리가 뛰어난 발리를 구사할수록 우리 주변에 있던 '준비운동만 하는 선수'들도 점점 사라질 것이다.

발리를 구사하는 선수가 되고 행복한 사람이 되려면, 이 책을 단순히 읽지 말고 모든 내용을 빨아들이라고 말해주고 싶다. 이 책을 읽고 당신이 변화했는지 확인해보는 것은 중요하지 않다. 중요한 것은 살아가면서 끊임없이 영감을 얻고, 하루에 한 번씩 죽음을 맞이하는 것이다.

우리는 행복에 도달하기 위해, 그리고 매일 행복해지기 위해 영감을 얻어야 한다.

자기 자신의 필터를 거치지 않고 자신의 방식에 맞추지 않는다면 이 책의 내용은 아무런 쓸모가 없다. 인생이라는 공을 자신의 방식대로 치기 위해 깊이 들이마셔라. 들이마시고 영감을 얻으면, 당신은 변할 수 있다.

단순하고도 참 어려운 일이다.

어째서 이런 이야기를 그 누구도 해주지 않았을까?

그 이유는 아마도, 정말 중요한 것들은 아무도 설명해주지 않기 때문일 것이다. 그것이 바로 '다른 사람들이 절대로 말해주지 않는 행복의 비밀'이다.

운이 좋게도 나는 퍼즐의 조각을 찾은 수많은 사람들을 통해서 이를 배울 수 있었다. 그들은 대화에, 책에, 노래에, 그리고 자기 삶의 단편들에 그 퍼즐을 보관하고 있다.

전체 퍼즐을 완성하는 것은 각자에게 달려있다. 각각의 사람들이 자신의 자연의 법칙을 지켜나가야 하는 것이다.

당신이 들이마시고 영감을 얻어야 하는 것들이 무엇인지 내가 알려주겠다. 당신은 그저 영감을 얻고, 발리를 구사하면 된다.

사람들이 인사치레로 건네는 "잘 지내? 어떻게 지내니?"와 같은 말을 들으면 당신은 당연히 잘 지낸다고 하겠지만, 나는 이렇게 대답한다:

"숨을 들이쉬면서."

숨을 들이쉬면 행복해진다. 그러니 이 책을 읽지 말고 들이마셔라. 그러면 행복하게 이 세상을 살아갈 수 있다.

차
례

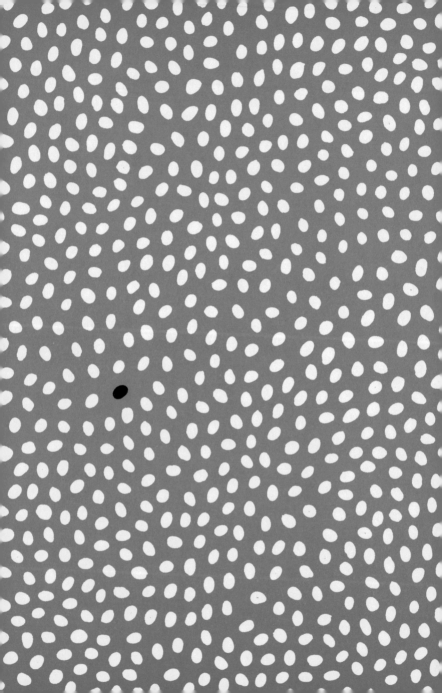

1장

매일 행복해지기 위한 영감

이 책의 1장은 당신이 영감을 얻을 수 있도록 하기 위한 장이다. 읽지 말고 영감을 얻어라. 이 책이 커다란 글씨로 되어있는 이유는 글을 흡수하고 영감을 얻게 하기 위해서다.

이 책에는 이미 화살표도, 줄도 많이 그어져있지만, 무엇보다도 당신의 손길이 필요하다. 빈 곳에 당신이 쓰고 싶거나 원하는 것을 적어보라. 자신만의 색깔을 찾고 덧붙이고 싶은 것을 더하면서 나만의 방법을 찾아보라. 내용을 다 이해했다면 이 책에 쓰고, 표시하고, 줄을 그어라.

그리고 내용에 대한 의심은 일단 내려놓기 바란다. 이 책은 읽기 위해서가 아니라 영감을 얻기 위한 것이니까.

여기까지 이해했는가? 그럼 계속해보자.

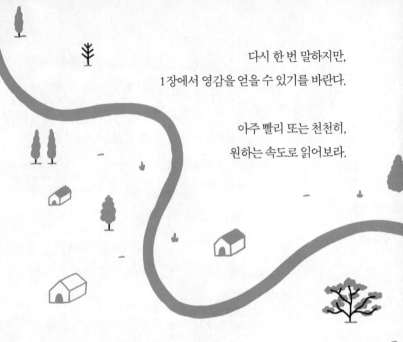

다시 한 번 말하지만,
1장에서 영감을 얻을 수 있기를 바란다.

아주 빨리 또는 천천히,
원하는 속도로 읽어보라.

이제부터 글씨가 더 커져서
책에서 더 많은 공간을
차지하게 될 것이다.

영감을 얻어라.

자, 그럼
시작해보자.

이 세상에서
행복해지는
방법

먼저 말해주고 싶은 것이 있다.
바로 행복은 존재하지 않는다는 것.
즉, 행복을 찾는 일은
존재하지 않는 것을 찾는 것과 같다.

행복은 매일매일 사라져버린다.
행복의 유효기간은 단 하루인 것이다.
행복이 존재하지 않더라도
날마다 행복한 사람이 되는 것은 가능하다.
그러니 행복을 논하기보다
행복한 사람이란 어떤 사람인지를
생각해보면 어떨까?

살아 있는
사람
행복한
사람

그렇다.
행복한 사람은 바로,
살아있는 사람이다.

살아있는 것 자체가 행복한 것이라는 점을
당신이 깨닫는다면,
어떻게 행복해질 수 있을지도
금방 알게 될 것이다.

'행복'이라는 단어는 생각하지 말고,
날마다 행복한 사람이 되는 것에
집중해보라.

또 '나는 꼭 행복해야 한다'는 생각에
매이지 말고,
매일 눈을 뜨면
다음의 문장을 떠올려보라.

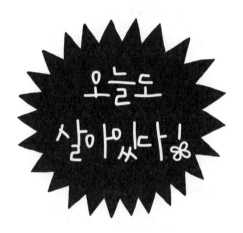

매일 이 문장을 외치며
하루를 시작해보자.
눈을 뜸과 동시에
행복을 향한 첫걸음이
시작될 것이다.

하루는 행복의 수플레* 와 같다.
24시간 중 아무 때나
최고로 부풀어 오를 수 있다.

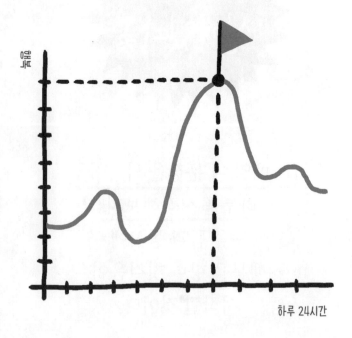

* 수플레(soufflé): 밀가루, 달걀, 버터 등으로 만든 반죽을 오븐에
서 부풀려 구워 낸 요리.

미래에 대해 이야기하면서
행복을 논하는 사람은
거짓말쟁이다.
24시간 이외의 것을 계획하는 일은
행복에 반하기 때문이다.

그러니 매 시간을 즐겨라.

매 순간을 즐겨라.

살아있는 한,
매일 더 행복해질 것이다.

행복의 유효기간이
하루라는 것 외에,
당신이 알았으면 하는 게 있다.

두 번째로
중요한 것은 바로:

나는
혼자가
아니다

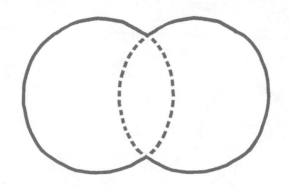

내가 단 하나의 존재라고 생각한다면
그것은 큰 오산이다.

외면의 나와 내면의 나를 더하면
둘이기 때문이다.

조울증이나 양극성장애를
말하는 것이 아니라,
우리의 몸에 또 다른 에너지가
존재한다는 뜻이다.

내 몸속에
또 하나의 내가 있다.

두 개의 인격을 말하는 것이 아니다.

서로 다르게 느끼고,
갈망하고,
싸우고,
사랑하는
두 개의 영혼에 대해
이야기하는 것이다.

내면의 나는
어린아이와 같다.
그 아이는 어른이 되지 않아서,
매일 대화하면서
그의 이야기를 들어주어야 한다.
그러지 않으면 늘 얼굴을
찌푸리고 있을 것이다.

그러니,
내면의 아이와 대화를 나눠라.

대화할 때는,

큰 소리로!

그러면 모든 일이 나아질 것이다.
장담하건대, 모든 것이 변할 것이다.

내면의 아이에게도
여러 가지 감정이 있기 때문이다.

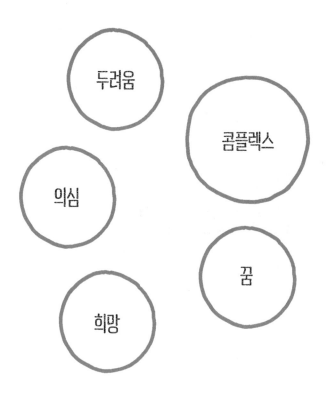

외면의 나는 이러한 감정을
침착하게 다스릴 줄 안다.
반대로,
외면의 내가 두렵고 의심스러울 때는
내면의 내가 도와줄 수도 있다.

우리는 어릴 적부터
혼잣말을 하지 말라고 배워왔다.
하지만….
그때 대화하던 상상 속의 친구는
다름 아닌 나의

내면에 있는 친구,

즉 **내면의 아이**가

아니었을까?

내면의 아이는
평생 어른이 되지 않고
당신과 함께 살아간다.
하지만 그 아이도
당신의 인생에서,
그리고 당신의 세상에서
목소리를 낼 자격이 있다.

내가 하나가 아닌 둘이라는 것은
우리가 절대로 외롭지 않고
항상 누군가와 동행하고 있다는 뜻이다.

바로 이 사실을 깨닫는 데서부터
행복이 시작된다.

매일 눈을 뜨면
이렇게 외치라고 했던 것을
기억하는가?

오늘도
살아있다

이제 이렇게 외쳐보자.

오늘도
함께 살아있다

그렇다면 내면의 나와
무엇에 대해 이야기를 나눠야 할까?

✓ 무엇이든.

✓ 이런저런 걱정거리.

✓ 이해할 수 없는 것들.

✓ 나를 두렵게 하는 것.

✓ 세상의 모든 것들!

이 시점에서 당신은
깨달았을 것이다.
이 세상이 조금
잘못되었다는 사실을.

이 문제에 대해 그 누구도
가르쳐준 적이 없지 않은가?

왜 그럴까?
왜 아무도 이야기하지 않는 걸까?

답은 간단하다.
이 세상의 규칙을 만든 이들은,

감정이 없는
거짓말쟁이니까!

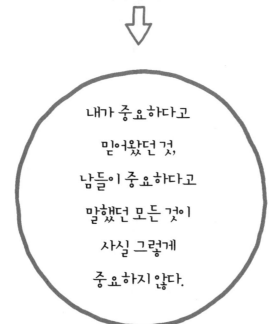

내가 중요하다고

믿어왔던 것,

남들이 중요하다고

말했던 모든 것이

사실 그렇게

중요하지 않다.

그러므로,
당신만의 세상을 만들어야 한다.

세상은 외면의 나와
내면의 내가 만들어가는 것.
서로의 목소리에 귀를 기울이고,
'이제 그만!' 리스트를 만들어보자.

내가 만든
'이제 그만!'
리스트를 공개한다.

말로
자기 합리화하지 않기!

다른 이들의 평가 때문에
괴로워하지 않기!

그 누구도
차별하지 않기!

내가 만들지도 않았고
이해할 수도 없는 규칙들을
지키려 애쓰지 않기!

—

나의 현재는
'지금 이 순간'이므로,
뛰어다니거나
조급해하지 않기!

—

최고가 되려고
애쓰지 않기!

—

엄살 부리지
않기!

—

이제 그만! 그만하기!

내가 만약 아주 어릴 때부터
'이제 그만!'을 배웠더라면,
훨씬 더 나은 삶을 살았을 것이다.
또 삶의 여러 과제를
용기 있게 받아들였을 것이다.
예를 들어서…

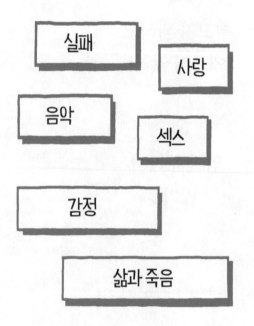

왜 세상은
이 모든 것에 대처하는 방법을
가르쳐주지 않을까?

왜?

✔ 나만의 삶을 살 수 없게 하기 위해.

✔ 매일 행복한 사람이 되는 대신, 행복을 찾아 헤매도록 하기 위해.

✔ 내면의 나와 대화하는 것을 방해하기 위해.

✔ 나의 감정과 싸우지 못하게 하기 위해.

이 세상은 행복의 환상을
추구하게 만든다.
지금만 그런 것이 아니라,
아주 먼 옛날부터 그래왔다.

행복을 찾지 못한 데서 오는
크나큰 절망감 때문에,
우리는 오늘이 아닌
내일을 생각하면서 살아간다.

하지만 다시 한 번 생각해보라.
당신이 행복할 수 있는 시간은 언제인가?

단 24시간, 하루뿐이다.

밤까지 포함하는 이유는,
잠자는 시간도
행복의 일부이기 때문이다.

잠자는 시간은 쓸모없는 시간이 아닌,
나의 내면의 삶이 시작되는 시간이다.

나의 내면 또한
행복한 하루를 보내기 위해
고군분투하지 않겠는가?

기본적인 것 하나를
더 알려주겠다.

우리가 혼자가 아니라는 것,
그리고
깨어있을 때나 잠들 때나 우리는
행복한 하루를 위해
애써야 한다는 것을 배웠다.

그러니 한 가지만 더 기억하라.

문제란
존재하지
않는다

문제란,
내가 세상과 사람들에게 기대하는 것과
실제로 얻는 것의 차이일 뿐이다.

기대는,
미래를 고민하기 때문에
생기는 것이다.

앞으로의 일을 생각하지 않는다면,
문제도 없다.

문제는 존재하지 않는다는 사실을
제대로 이해하기 위한
네 가지 열쇠를
지금부터 알려주려 한다.

실패는
예상치 못한
성공이다

잃는 것이 있으면 얻는 것도 있는 법.
어쩌면 실패 또한 위장된 성공이 아닐까?

두 번째 열쇠

나와
내면의 내가 내린 결정을
신뢰하라

용감한 자만이 결정을 내릴 수 있다.
자신이 내린 결정을 절대 의심하지 마라.
내면의 내가 내린 결정이
가장 현명한 결정이다.

이 결정의 결과가
실패나 성공을 의미하지는 않는다.

두려움은
정보의 부족에서
오는 것이다

많이 알수록 두려움도 작아진다.
그러므로 살아가면서 자주 질문해야 한다.
의문을 풀기 위해,
정보를 얻고 두려움을 없애기 위해
적어도 하루에 다섯 번 질문을 던져라.

네 번째 열쇠

낯선 사람을
믿어라

질문에 답하기 위해서는
답을 아는 이에게 물어봐야 한다.
당신의 테두리 안에 있는 사람들도 좋지만,
가끔은 낯선 사람이 더 나은
동지가 되어줄 수 있다.
다이아몬드건, 진주건, 노랑이건, 같은
크리스털의 조각이건 말이다.*

---

* 작가는 우리가 살아가며 만나는 많은 사람들을 그 특별함에 따라 '노
랑', '진주', '다이아몬드', '같은 크리스털 조각'으로 각각 표현한다.

다음의 이항식을
기억하라:

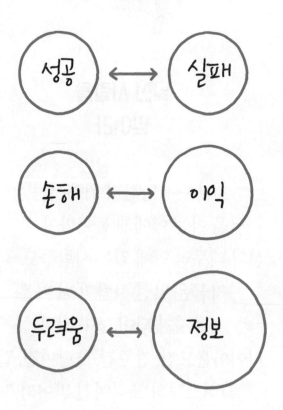

이 이항식들이 당신의 삶을 보상해주고,
현재를 밝혀주며,
문제란 존재하지 않는다는 사실을
깨닫게 해줄 것이다.

단, 당신이
이 세상은 위험하고
이상하다고 여기는 한,
이 내용은 당신의 삶에
적용되지 않는다는 것을
기억하기 바란다.

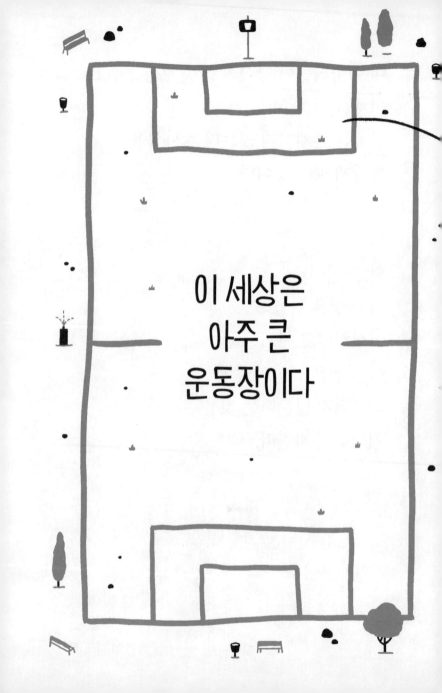

이 세상은
아주 큰
운동장이다

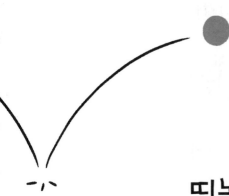

뛰놀고,
즐기고,
하루를 살고,
매 순간을 즐겨라.

그리고
무엇보다,

계획하지
마라

알고 있다.

이제 인생의 운동장에 있는
다른 선수가 다가와,
'너는 왜 반대방향으로 가니?'
라고 물을 것이다.
계획하지 않으면
그 무엇도 이루지 못할 거라고
속삭일 것이다.

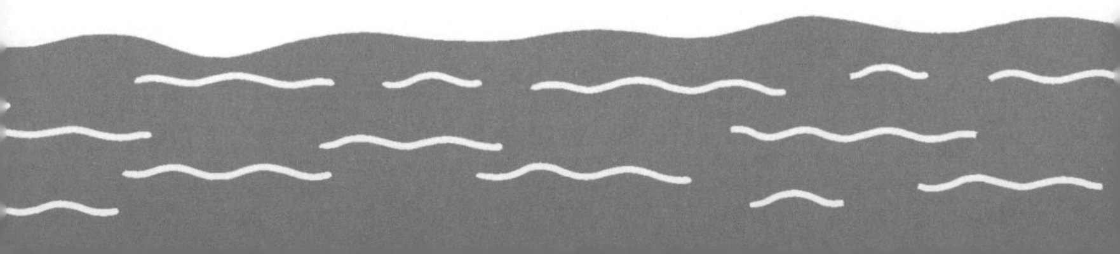

거짓말은 이제 그만!

바보 같은 규칙도
이제 그만!

다음에 제시하는 문장들을
당신 자신의 일부로
받아들여라.

하루 24시간을
행복해지기 위한
인생의 단위로 삼자

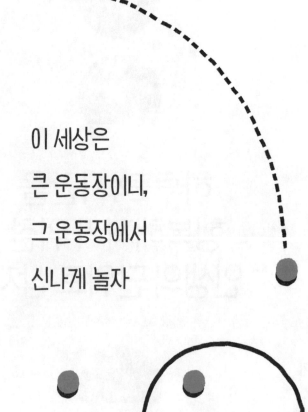

이 세상은
큰 운동장이니,
그 운동장에서
신나게 놀자

내면의 나와
큰 목소리로
대화하자

예상치 못한 성공이
존재하는 것처럼,
실패란 것도
할 수 있는 법이다.

이제
인생을 계획하거나
미래에 대해
고민하는 것을 멈추자.

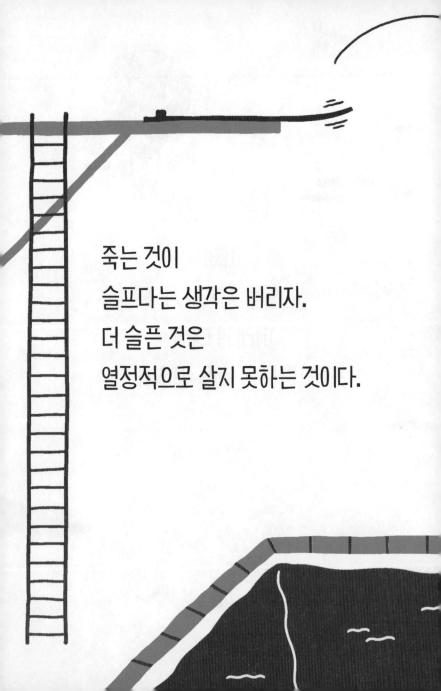

죽는 것이
슬프다는 생각은 버리자.
더 슬픈 것은
열정적으로 살지 못하는 것이다.

문제란
존재하지
않는다

여기까지 이해했다면,
우리 이야기의 절반 가까이를
마친 것이다.
그런데도 당신이 아직 행복하지 못한
이유는,

케케묵은 문제들과
원치 않지만 해야 할 일들이
아직 많이 남아있기 때문이다.
그렇다면 이제 어떻게 해야 할까?

다음에 제시하는
7단계를
따라가 보자.

나 자신과
대화하기

나만의
해결방법
찾기

'싫어'라고
말하기

(행복해지기 위한 필수 요소다.)

새로운 일에
대해서
'좋아'라고
말하기

(바로 실행하라. 너무 많은 고민은 당신을 마비시켜 버린다.)

자존심
버리기

(자존심은 불행해지는 핵심 요소다.)

춤추기

(춤추면 문제가 해결되고, 생각하면 문제가 생겨난다.)

변화하기,
뛰놀기,
소리 지르기.
몸에 활력을
불어넣기.

이해한다!

말하기는
쉽지만,

실행하기는
어렵다고?

거짓말!

어떤 일을 그만두는 것,
일상을 살아가는 것,
미래를 고민하는 것,
매일 같은 일을 반복하는 것은
쉬운 일이다.
24시간 행복해지기 위해 자신과 싸우고,
자신의 삶을 바꿀 수 있는
아주 단순한 일들을 실행하는 것은
어려운 일이다.
바로, 발리를 구사하는 것.

장담하건대,
내가 알려준 것을
24시간 동안만 실행해본다면…

다시는 멈출 수 없을 것이다.

행복해지기 위한
마약과 같은 요소들이니까.

당신은 내게 이렇게 질문할 수도 있다:
나의 행복은
당신이 이야기하지 않은 것에 있는걸요?
돈, 가족, 사랑, 섹스, 외모, 물질 등등….

그렇다면 이렇게 되묻겠다.

예쁘고 잘생긴 사람이 더 행복한가?

그렇지 않다.

그들도 같은 두려움을 갖고 살며,

끊임없이 행복을 갈구한다.

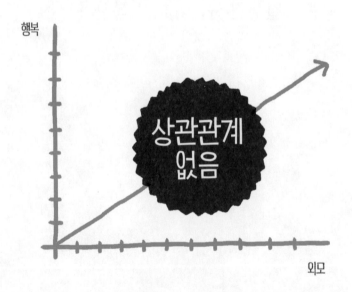

그렇다면
행복과 '물질적 요소'는
관련이 있을까?

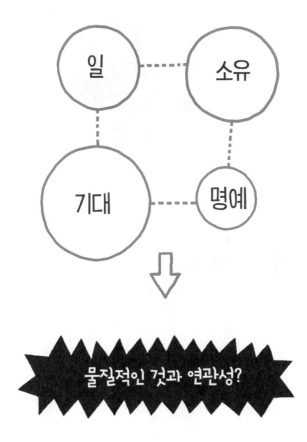

물질적인 것과 연관성?

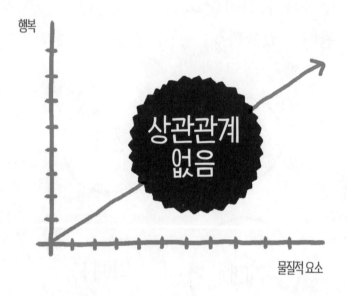

물질에서 행복을 찾으려 하지 마라.
행복은 다른 곳에 있다.

부자가 되고, 유명해지고,
자존심을 높이고, 많은 것을 소유하고,
외적으로 아름다워지고,
완벽한 몸매를 갖고 싶은가?

좋다, 그것이 당신이 원하는
것이라면 그렇게 하라.
당신이 원한다면
그것도 나쁠 것 없다.

그러나 물질에서
행복을 발견할 수는
없을 것이다.

그렇다면
행복과 '인간관계'는
과연 연관이 있을까?

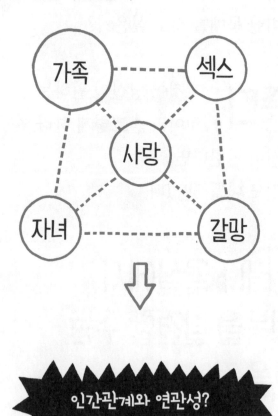

좋은 인간관계가 당신의 생활신조인가?
좋다.

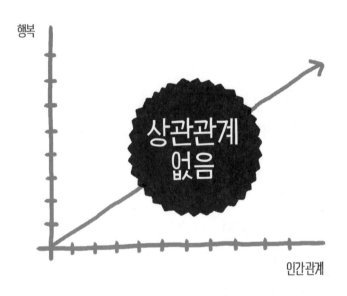

마찬가지로,
인간관계에서 행복을
발견할 수는 없을 것이다.

사랑하고 감정을 나누는 것은
훌륭한 일이다.
가정을 이루고 아이를 갖는 일 또한
그러하다.

하지만 그런 경험에서 오는 기쁨이
행복을 의미하지는 않는다.

그런 경험들은
인생을 살아가면서 꼭 필요하고도
중요하지만,
그 또한 이차적인 것들이다.

살아있음을
느낄 때
행복해질 수
있으며

행복의
유효기간은
하루다

그러니 물질이나 인간관계에서
행복을 찾지 마라.
그것은 단지 외부 요소일 뿐이다.

행복해지기 위해 필요한 것은 단 하나.
'나'와 '내면의 내'가
'외부 요소'와 상호작용하며
살아있음을 느끼는 것.

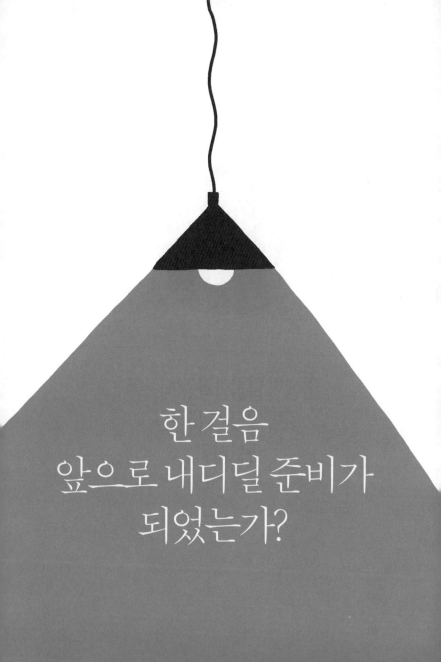

인생의 달콤함과 장식품은
모두 잊기를 바란다.
왜냐하면…

행복해지기 위해서는
모든 것을 버리고
본질만 남겨둬야 하기 때문이다.

인생의 가장 큰 선물은 살아있는 것.
이것은 자연의 법칙이며,
이를 따르기 위해서는
해야 할 일이 있다.

매일매일
위험을 감수하기

위험을 감수하는 건
항상 옳은 일이다.

나의 심장 소리에
매일 귀 기울이기

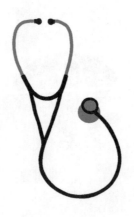

심장 소리는
내면에 있는 나의 숨소리다.

타인을
도와주기

다른 이에게 시간을 할애하는 것은
행복을 나누는 일이다.

바람 불기

입술을 모아 바람을 불 때
모든 것이 이루어진다.
생일 케이크의 촛불을 불고,
다쳤을 때 엄마가 상처에
바람을 불어주던 일을 기억하는가?
바람을 부는 것은 소원을 비는 것이다.
당신의 소원을 빌어보라.

음악 듣기

나만의 음악,
나만의 춤,
나만의 동작,
나만의 노래를 찾아라.
노래하고, 춤추고, 흔들고, 공연하라.

스스로 현악기,
관악기, 타악기가 되기

나만의 악기를 찾아라.

사랑하기

사랑은 주는 것,
상대방을 응원해주는 것,
나의 시간을 할애하는 것이다.

에너지의 원을
넓히기

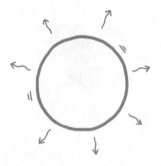

내가 마주치는 모든 사람은
내 우주의 일부이다.
그들과 소통하라.

모든 질문의 답을 찾았을 때, 또다시 새로운 질문이 생긴다는 것을 기억하기

살아가면서 끊임없이
새로운 질문이 생겨난다.
삶이란 매일 그 해답을 찾기 위해
노력하는 과정이다.

사는 법을 배우기 위해
죽는 법 배우기

행복이란
매일 죽는 법을 배우는 것,
내일 깨어나지 못할 수도 있다는 사실을
인지하는 것이다.
매일매일 사랑하는 사람들과 작별하라.

오늘,
바로 지금을 사는 것.

⬇

즐기지 않는다면,
아주 천천히 죽어갈 것이다.

⬇

오늘을 살아라,
내일이 없는 것처럼.

이제 다음과 같은 의문이
생겼을 것이다.

내가 느끼는 것을
바꿔야 한다는 뜻일까?

내가 완전히
다른 사람이 되어야 한다는 걸까?

지금까지
잘못 살아왔다는 뜻일까?

아니다!

이제 당신에게는,
하루 동안 변화할 수 있는 기회가
주어진다는 뜻이다.

매일 새로 설정할 수 있는
초시계가 생긴다는 것이다.

그날 변하지 못했다 해도 괜찮다.
어쩌면 내면의 내가
그 이유를 알려줄 것이다.

사랑은 시간이 지나면
시들해진다고 한다.

그러나 삶의 유효기간이 단 하루라면,
사랑도 영원할 수 있다.

이렇게 생각해보자.
'나는 하루 만에 모든 에너지가
소모되는 건전지다.'

오늘 하루가 마지막인 것처럼 살고,
처음인 것처럼 즐겨야 한다!

하루
24시간을
어떻게
분배할까?

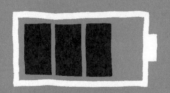

무엇을 하고 무엇을 하지 말아야 할까?

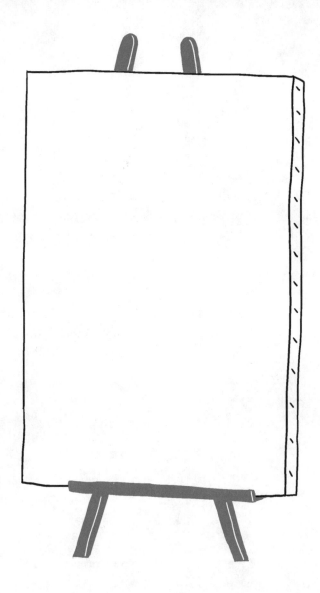

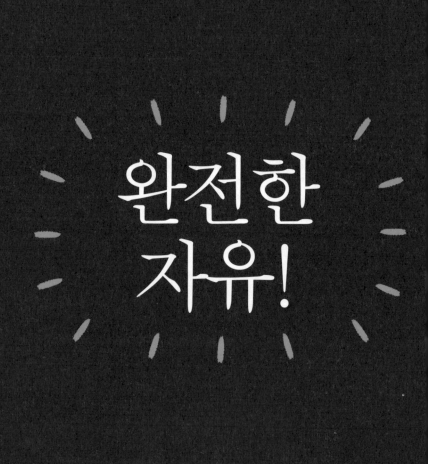

날마다 즐겨라.

하루를 원하는 것들로
채워나가라.

인연을 즐겨라.
처음 또는 마지막인 것처럼.

상대방과 대화를 나눠라.

오늘 하지 못한 일,
이루지 못한 목표는…

내일…

행복해질 수 있는 또 하나의
하얀 캔버스가 주어진다.

내일모레…

또 다른 캔버스가 주어진다!

우주가 당신을 사랑한다면,
당신에게 수많은 캔버스를 선물할 것이다.

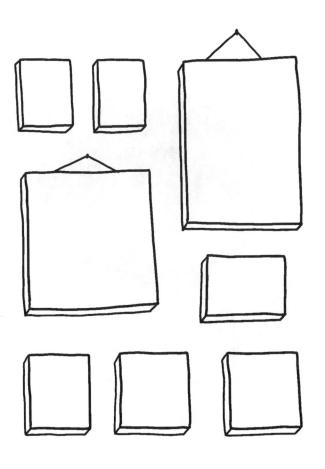

멋진날을 사랑하되…

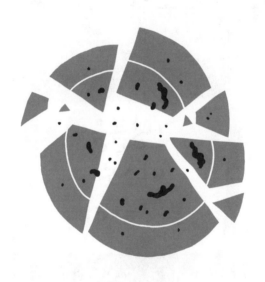

힘든 날도 사랑하라.

그 누구도 길에서 웃질 않고,
낯선 이에게 미소 짓지 않는다는 걸
당신도 알 것이다.

'아무도 하지 않는 일을
왜 내가 해야 하나?'
라는 생각이 드는가?

받지 않고 주는 건
아까운가?

친절을 받기 전에
먼저 베푸는 것이 싫은가?

솔직해지고 싶지 않은가?
중요한 카드는 숨겨놓고 싶은가?

만약 그렇다면,
당신은 절대 행복해질 수 없다.

세상은
그렇게 돌아가지 않으니까.

어쩌면 누군가는
가능하다고 말해줬을지도 모른다.

그 누군가는 지금 행복한가?

그는 지금 웃으며 살고 있는가?

그는 인생을 즐기고 있는가?

당신이
들은 것은
모두
쓰레기통에
버려라!

미래는
존재하지 않는다!

현재를
살아라!

길에서 누군가를 먼저 도와준 뒤
무슨 일이 일어나는지 지켜보라.

계획은 버리고,
하루를 척도로 삼아 즐겨보라.
무슨 일이 일어나는지 지켜보라.

받기에 앞서 베풀어보라.
그러면 놀라운 결과가 나타날 것이다.

당신은 걱정할 것이다.
'매일을 즐긴다면 내 미래는
어떻게 되지?'

여행을 꿈꾸지 못하고,

아이를 가질 수 없고,

결혼을 할 수 없다는 뜻일까?

그렇지 않다!
근시안적으로 살라는 것이 아니라,
매일을 살라는 것이다.

교제 (7년)

여행 (7일)

출산 (9개월)

당신이 하고 싶은 모든 것을
하루 단위로 나눌 수 있다.
하루를 인생의 척도로 삼는 것이다.

교제 (1X2555일)

여행 (1X7일)

출산 (1X270일)

매일매일을 즐기라는 뜻이다.
절대 그 단위를 벗어나지 마라.

절대 내일을 위해
당신의 에너지를 남겨두지 마라.

절대 웃음을 잃지 말고,
그날 느낄 수 있는 모든 감정을 느껴라.

절대 하루를
헛되이 보내지 마라.

9월 17일 17시 17분.
나의 아버지가 돌아가신 시간이다.

그날 우리 가족은
그가 떠나리라는 것을 감지하고 있었다.
나는 그날의 매 순간을
특별하고 아프게 보냈다.
그 고통을 온몸으로 받아들였다.

많은 시간이 흐른 지금
그날을 돌아보아도,
결코 슬픈 날로 기억되지 않는다.
아버지가 돌아가신 그날은,
내 인생에서 가장 감동적이고
잊을 수 없는 날이었다.

아버지와 이별할 수 있는
17시간 17분.
하루에 가까운 시간이
내게 주어진 것에 감사한다.

암 투병을 했던 지난 10년 동안,
나는 매일이 마지막 날인 것처럼 살았다.

계획을 세운 적이 없고,
하루를 처음이자 마지막처럼 보냈다.

다리 하나를 잃었고,
폐와 간 절반을 잃었지만,
나는 행복하게 살았다.

계획하는 것은
실수다

에너지를 저축하는 것은
실수다

두려워하는 것은
실수다

자기 자신에게 물어보라.
하루를 즐긴다면 어떻게 될까?

그렇게만 한다면…

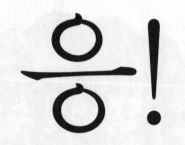

아니!

행복해지기 위해 내가 알려준 것들을
모두 실행해보라.

내면의 나와 대화해보라.

당신이 알고 있는 모든 단어의
유의어를 찾아보라.*
웃고, 살고, 느껴라.

---

*뒤에서 작가는, "어쩌면 당신이 느끼는 것은 고통이 아니라 간
지럼, 얼얼함, 또는 당황일 수도 있다. 단어 또한 영향을 미치기
때문에 정확한 단어를 찾아야 한다."라고 조언한다.

자문해보라.
웃으며 사는 것이
그리 어려운 일이 아니라면,

왜 웃지 않고 사는가?

다음의 12가지
'발리'를 되새겨보기 바란다.

첫 번째 발리

문제란
존재하지 않는다

문제란 것은

당신이 세상과 사람들에게 기대하는 것과

실제로 얻는 것의 차이일 뿐이다.

두 번째 발리

꿈을 믿으면
그 꿈은
이루어진다

⇩

'믿는' 것과 '이루어지는' 것은
그리 멀리 떨어져있지 않다.
믿으면 실현된다.

세 번째 발리

당신의 카오스를
사랑하라

당신이 남들과 다른 점을 사랑하라.

당신의 특징을 사랑하라.

당신을 특별하게 만드는 점을 사랑하라.

네 번째 발리

손실은
곧
이익이다

잃는 것 ⇨ x 요일 ⇨ = 얻는 것

손실 ⇨ x 요일 ⇨ = 이익

다섯 번째 발리

'NO'라고 말하라

⬇

삶,

나 자신,

다른 이들,

두려움,

내면의 나에게

'NO'라고 말하라.

여섯 번째 밸리

웃어라

감정을 느껴라.

노래하고
춤추고
뛰놀아라

⬇

당신의 몸과
소통하는 법을 찾아라.
내 몸은 내 것이니까.

여덟 번째 발리

온몸으로 느껴라

즐겨라.

느껴라.

두려움을 버려라.

아홉 번째 발리

용기를 가져라

인생에 대해,

죽음에 대해,

섹스에 대해,

사랑에 대해,

손실에 대해,

용기를 가져라.

열 번째 발리

주고 또 주어라

⇩

대가 없이 주는 것.

설사 이해가 가지 않더라도.

열한 번째 발리

음악을 들어라

나만의 악기를 찾아라.

열두 번째 발리

죽음도 삶이다

날마다 행복을 추구할 때,

죽음도 삶의 일부가 된다.

절대로 죽지 않게 되는 것이다.

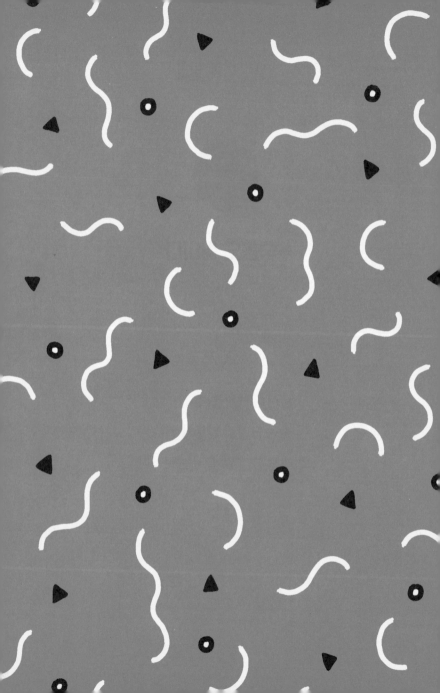

2장

이 세상을 살아가기 위해 필요한 영감

여기까지 읽어도 뭔가 부족함을 느낄 것이다.

그래서 2장에서는 이 세상을 살아가는 방법에 대해 이야기하려 한다. 행복해지려면 외부 환경 또한 중요하기 때문이다. 나를 재정립해야 한다.

앞에서 언급한 개념들을 확장하고, 새로운 개념들도 이야기할 것이다. 각 메시지에 대한 느낌과 아이디어를 얻고, 더 자세한 설명도 들을 수 있을 것이다.

무엇보다 밑줄을 긋고 아이디어를 적어두기 바란다.

2장은 1장을 보충하는 장이다. 이 세상을 어떻게 살아가야 하는지를 모른다면 행복해질 수도 없으니까. 그러니 문장을 보고 영감을 얻어라. 이미 아는 것도 있겠지만 새로운 것들도 있을 것이다. 2장에서는 다음 세 가지 주제에 대한 23개의 영감을 다룬다.

나의 장점과 그것을 찾는 방법.

꿈과 소망.

사람과 감정.

23개인 이유가 있다. 무엇보다 사람이 1분 동안 숨을 쉬는 평균 횟수가 23번이기 때문이다.

숨 쉬는 횟수는 나이마다 다르다. 신생아는 1분 동안 69번 숨을 쉰다. 이 책에서도 총 69개의 영감을 다룰 것이다.

23은 마법과도 같은 숫자다. 적혈구가 인간의 몸을 한 바퀴 도는 시간은 23초, 척추를 구성하는 추간 연골의 수는 23개, 성을 결정짓는 염색체는 23번, 아이가 생기는 데 남녀가 기여하는 염색체 수도 23개.

그러니 사람이 1분 동안 평균 23번 호흡하는 것도 전혀 이상하지 않다. 당신도 다시 태어난다는 생각으로 2장의 내용을 모두 들이마시기 바란다. 분석하지 말고, 따지지도 말고, 그저 즐기고 영감을 얻어라.

하지만 그 전에 이 세상을 살아가기 위해 필요한 두 가지에 대해 이야기하고 싶다. 바로 '원'과 '우물'이다.

우리 주변에 있는 사람들은 우리 인생의 우물과도 같다. 하지만 모든 우물이 행복과 에너지로 가득 차있지는 않다. 마르고 오염된 우물도 있다. 마른 우물에서 에너지와 경험을 얻으려고 인생을 낭비하지 마라. 결국 지쳐버리고 말 테니까.

마찬가지로 오염된 우물에서 에너지와 경험을 얻으려고 인생을 낭비하지도 마라. 당신까지 오염될 테니.

내가 지금껏 몰랐던 우물이 열정으로 가득할 수도 있고, 내가 항상 함께해온 우물이지만 변함없이 놀라운 에너지를 발산하고 새로운 경험을 제공할 수도 있다.

이 세상을 살아가며 가장 기본적으로 해야 할 일은 메마르고 오염된 우물에서 벗어나는 것이다. 그런 우물에 현혹되지 마라. 그것은 아무런 가치도 없다.

또 다른 한 가지. 우리는 태어날 때 모두 원으로 태어난다는 사실이다. 우리의 에너지는 원의 모양을 띠고 있다. 살아가면서 세모, 마름모, 네모 등과 만나게 될 것이다. 그러나 당신은 절대로 원래의 깨끗한 원의 모양을 잃지 않아야 한다.

다른 이들과 함께하되, 원의 모양을 바꾸지는 마라. 당신의 원은 작아지거나 커질 수 있다. 원의 사이즈를 바꿔 다른 모양과 함께하라. 그러나 절대, 당신의 원의 모양을 바꿔서는 안 된다.

원의 힘은 강하다. 다른 이들 때문에 당신이 변할 필요는 없다. 자신의 힘을 잃지 않고 자연스럽게 원의 사이즈를 조정하여 다른 모양에 맞추면 된다.

이제, 23가지 영감에 대해 이야기할 것이다.

영감을 얻어라.

—

나의 장점과

그것을 찾는 방법에 관한

영감

——

23

—

**인생에서도
발리를 구사하여**

**공을 즉시
받아쳐라.**

테니스에서 발리(volley)는 공이 땅에 떨어지기 전에 쳐서 넘기는 기술이다. 발리를 잘 구사하는 선수를 나는 '뛰어난 발리를 가진 선수'라고 말한다. 이 세상에는 불공정한 일, 아무리 봐도 잘못된 일들이 많이 있다. 그러니 다른 사람을 보호해주는 일도 중요하다. 인생에서 뛰어난 발리를 가진 선수가 되는 것은 나 자신이 만족하며 살기 위한 기본적인 요소다. 빠른 반사신경으로 불공정함을 쳐낼 수 있는 사람이 되어야 한다.

불공정한 상황을 만난다면 뛰어난 발리를 가진 선수가 되어 반응하라. 내가 그렇게 하면 주위에도 더 많은 선수들이 나타날 것이다.

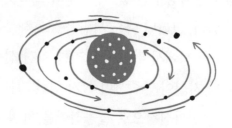

당신만의
에너지의 원을
만들어라.

우리는 에너지 수집가다.

보는 것만으로도 힘을 얻을 수 있는 것을

찾아야 한다.

우리는 나누고 줄 때

살아있음을 느낀다.

각자 자기만의 세상과 우주를 만들며 살아간다. 꿈을 크게 갖고 이 세상에서 나의 우주를 만들어야 한다. 그러기 위해서는 내 에너지의 원을, 튼튼한 고리를 형성해야 한다. 나에게 힘이 되는 이들을 주변에 두어야 한다.

우리는 각자 하나의 에너지다. 내게 힘이 되며 진실한 에너지를 찾아야 한다.

그렇게 해야만 살아있음을 느낄 수 있다. 이 작은 세상에서 다른 에너지를 찾고, 에너지를 서로 나누고, 나의 에너지를 주지 않는다면, 우리는 자신이 무의미한 존재로 느껴질 것이다.

하나의 우주는 최소한 두 사람 이상이 만드는 것이기 때문이다.

이메일이나
어떤 정보를 확인하기 전에,
특히 내 인생을 바꿀 만한
정보를 듣기 전에는
30분만 기다려라.
호흡을 가다듬으며 기다려라.

우리 몸이 새로운 정보를 흡수할 수 있는 능력은 가히 놀라울 정도다.

그러나 과한 호기심이 나를 좀먹지 않도록 조심해야 한다. 인간은 가장 예상치 못한 때에 생각지도 못한 이유로 수렁에 빠질 수도 있기 때문이다.

그러니 인생에서 중요한 시점에 있을 때는 숨을 깊게 들이쉬고 30분간 휴식을 취하는 것이 좋다. 아무것도 하지 않으며 그냥 누워있거나, 혹은 음악을 듣거나, 춤을 추거나, 노래하거나, 웃으면서 기다리는 것이다. 호기심이 사그라지고 관심이 옅어질 때까지.

그런 다음에 그 정보를 확인하고 어떻게 대응할지를 결정하라.

네 번째 영감

용기 있는 사람으로
인정받기 위해,
얼마만큼의 고통을 견뎌야 하는가?

용감한 사람들은
한때 비겁했던 사람들이다.

당신도 조금 비겁했던 적이 있다면,
아주 용감한 사람이 될 수 있다.

용기는 용감한 행위로부터 탄생하지만, 때로는 비겁한 행위로부터 탄생하기도 한다. 왜냐하면 결국 우리는 과거의 비겁함으로 말미암아 미래에 용기가 생겨나기 때문이다.

비겁함을 받아들여라. 비겁함이 당신의 몸속에서 용기의 씨앗으로 바뀔 것이다. 처음부터 용감한 사람은 없다. 용기는 내면의 힘과 내면의 진실을 이해하며 비로소 조금씩 얻게 되는 것이다.

그 누구도 당신에게 포기하는 것이 비겁한 행위라고 말할 수 없다. 늘 용감할 필요는 없다. 천 개의 용감한 행위가 용감한 사람을 만드는 게 아니라, 오백 개의 용감한 행위와 오백 개의 비겁한 행위가 더해져 용감한 사람이 탄생하는 것이다.

당신의 용기의 한계와 비겁함의 한계를 받아들여라. 중요한 것은 결정적인 순간 발리를 구사하는 선수가 되는 것이니까.

다섯 번째 영감

나이와 상관없이
웃음을 잃는 것은 유죄!

웃음을 터뜨리고
눈물을 쏟아라.

이 두 가지를 위해서는
조금 피곤해져도 괜찮다.

이 세상이 아름다운 가장 큰 이유는, 우리는 사랑이며 우리 주변이 사랑으로 가득 차있기 때문이다. 감동하고, 웃고, 우는 것은 내면의 나와 세상이 소통하는 방법이다. 그러니 내면의 내가 웃고, 울고, 감정에 무너지고 휩쓸리도록 내버려 두라.

웃으며 사는 것은 어려운 일이 아닌데 왜 웃지 않는가? 감동하고, 웃고, 우는 것이 그리도 쉬운 일인데 우리는 왜 이토록 어려워하는가?

감정을 표현하지 않는다면 평생 텅 비어있을 것이다. 그러니 표현하라. 당신의 몸에는 매일 울고 웃는 것이 필요하다. 그 어떤 것에도 무뎌지지 않도록 뉴스와 소셜네트워크, TV는 조금 멀리하라. 내면의 내가 직접 감정을 느낄 수 있도록. '이 세상'을 싫어 안지 말고 '자신의 우주'를 끌어안아라.

내 안의 감정이
시간을 좌우한다.

시간은 존재하지 않는다. 시계와 달력은 우리를 통제하려는 무기와 같은 것이다. 그 무기 앞에 무릎 꿇지 마라.

이 세상과 시간에 대한 자기만의 개념을 정립하라. 정해진 시간을 따르지 말고, 나의 세상을 감정으로 측정해보라. 그러기 위해서는 내면의 나와 대화하고 무엇이 필요한지 귀 기울여야 한다.

시간은 감정으로 측정하는 것이다. 시간은 소망으로 측정하는 것이다. 시간은 결코 시, 분, 초로 측정하는 것이 아니다.

과거, 현재, 미래는 한 점으로 귀결된다. 그 점은 바로 내면과 외면의 꿈과 소망이 실현되는 시점이다.

모든 질문의 답을

안다고 생각할 때,

우주는

또 다른 질문을 던진다.

이 우주는 새로운 질문을 던짐으로써 당신과 소통한다. 이 사실을 이해한다면 '손실을 이익으로' 바꿀 수 있다.

당신에게 예상치 못한 일이 벌어지는 이유는, 당신이 너무 편해 보여서, 당신이 다시 세상의 일부가 되게 하고, 명확했던 것들을 다시 자문해보게 하기 위함이다.

삶이란 새로운 질문에 새로운 답을 찾아내는 과정이다. 세상이 당신을 잊지 않았다는 뜻으로 받아들이고 웃어넘겨라. 당신이 새로운 답을 찾을 수 있도록 새로운 질문을 제공한 것이니까.

또 하나. 어떤 일이 일어났을 때 '왜?'라고 질문하는 것, 왜 현실이 바뀌었는지 괴로워하는 것은 그저 불행의 씨앗을 심는 일이라는 점을 명심하라.

고통이란 말은
존재하지 않는다.

무엇보다.
고통까지 사랑할 수 있어야 한다.

고통은
세상을 만들어내는
가장 중요한 감정이다.

중요한 단어의 경우, 항상 비슷한 단어를 찾아보는 것이 좋다. 어쩌면 당신이 느끼는 것은 '고통'이 아니라 '간지럼', '얼얼함', 또는 '당황'일 수도 있다.

말은 사람에게 영향을 미치기 때문에, 정확한 단어를 찾는 일은 중요하다.

무엇보다, 고통까지 사랑할 수 있어야 한다. 고통은 아주 복잡한 감정이다. 당신에게 고통이 찾아온다면, 차라리 온몸으로 느끼고 그것의 의미를 알 수 있음에 감사하라.

보통 신체적인 고통은 그 당시에는 참기 어렵지만 지나고 나면 잊게 된다. 그런데 마음의 고통은 정확히 그와 반대이다. 고통을 처음 느낄 때는 나중에 얼마나 더 고통스러울지 상상이 되지 않는다.

하지만 고통은 현재의 나, 그리고 미래의 나를 만드는 가장 중요한 감정이다.

때로는
비탈진 언덕 때문에
전진하고 있고,
목표 가까이로
올라가고 있다는 것을
우리는 잘 알지 못한다.

당신은 몇 번이나 다 이긴 싸움을 포기했는가? 나이, 지식, 시간 때문에 몇 번이나 원하는 것을 포기했는가? 실은 이미 이룬 것인데도 이룰 수 없다고 생각해서 포기했던 적은?

우리가 이루고자 하는 목표를 향한 길은 평평하지 않은, 비탈진 길이다. 목표를 향해 올라갈수록, 가까이 닿아있어도 멀게만 느껴진다.

인생을 살면서 절대로 타월을 던지지 말기를!* 그 타월로 차라리 쏟아지는 땀을 닦아라. 더욱 상쾌하게 목표에 도달할 수 있도록.

어려움을 즐겨라.

너무 쉽다면 별 의미가 없지 않은가?

---

*권투에서 타월을 던지는 것은 경기의 포기를 의미한다.

열 번째 영감

한 번 안 좋은 일이 생기면,
세 번 좋은 일이 생긴다.

좋은 일이 세 번 생겼다면,
네 번째 일은 아마도 굉장할 것이다.

안 좋은 일이
좋은 일이 될 수도 있다.

안 좋은 일이 한 번 생기면, 좋은 일은 세 번 생긴다는 사실을 기억하라. 그리고 좋은 일이 세 번 생긴 이후의 네 번째 일은 더욱 굉장할 것이다.

좋은 일과 안 좋은 일이 번갈아 일어나는 것은 긍정적인 태도에 달려있는 것이 아니라 단순한 인생의 법칙이다.

좋은 일과 안 좋은 일은 모든 일이 그렇듯 상대적이다. 실패가 뜻밖의 성공인 것처럼, 안 좋은 일도 예상치 못하게 좋은 일이 될 수 있다.

그러니 때로는 안 좋은 생각이 들더라도 좋은 사람과 상황을 만날 수도 있다. 그렇지만 되도록이면 좋은 생각을 하라.

긍정적인 생각은 긍정을 낳지만, 부정적인 생각은 당신을 '준비운동만 하는 선수'로 만들기 때문이다.

인생은
여러 문의 손잡이를
돌리는 것.

문 뒤에서
무엇을 발견하게 될지
누구도 알 수 없다.

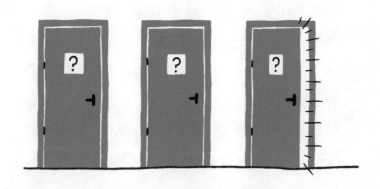

문 뒤에는 또 다른 문이 있을 수도 있고, 창문이 나올 수도 있다.

우리는 경험을 통해 얻은 것을 깨닫고, 이미 충분히 경험하고 배운 곳을 뒤로하고 나와야 한다. 그것이 인생의 법칙이다.

앞으로 나아가고, 또 다른 문을 만나고, 문의 손잡이를 돌리며 새로운 모험을 기대하는 것.

문의 손잡이를 돌리고, 새로운 도전을 만나 즐기는 것이 바로 인생이다. 그리고 가장 중요한 것은 나란 사람은 이 세상에서 하나이듯 내가 마주하는 문들도 단 하나뿐이라는 사실을 깨닫는 것이다.

용기 있는 자가 되려면, 문의 손잡이를 돌리면 된다. 전혀 어렵지 않다.

혹독한 겨울을
이겨내기 위해,
여름의 향기를
들이마셔라.

　　여름의 향기뿐만 아니라, 추억, 꿈, 소망, 지난 일들, 기대했지만 일어나지 않았던 일 등 모든 것들을 들이마셔라.

또, 여름을 견디기 위해서는 겨울의 향기 또한 들이마셔야 한다.

우울할 때도 있겠지만, 행복했던 순간을 추억하면 그런 우울한 시간을 이겨내고 우울감이 우리를 덮치려 하는 것을 막을 수 있다.

열두 번째 영감은 이 책의 3장에 등장하는 '달콤한 가위질'의 일부이다.

겨울을 극복하게 해주는 여름의 향기가 바로 '달콤한 가위질'이다. 그리고 그런 여름의 향기는 당신의 유전자 속에 이미 들어있다.

나의
매트리스와
베개를
소중하게
준비하라.

잠자는 일은 매우 중요하다. 내면의 내가 생각하고 꿈꾸는 시간이기 때문이다.

내면의 나에게 매트리스는 서식지이며, 수면은 내 우주의 일부다. 그렇기 때문에 내게 맞는 매트리스를 찾는 것도 아주 중요하다.

베개도 마찬가지다. 우리의 꿈, 악몽, 갈망, 소망이 보관되는 곳이니까. 베개와 매트리스와 대화하고, 환기를 시켜주고, 아껴주도록!

매트리스를 바꾸기 전에는 그 안에 담긴 악몽을 떠나보내고, 새 매트리스에 좋은 꿈을 불어넣자.

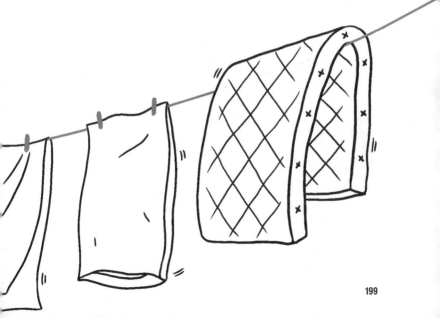

열네 번째 영감

걷기 전에,
넘어지는 법을 배워라.

어릴 적부터
잃어버리는 법을 배운다면,
커서는 더 이상
잃어버릴 일이 없을 것이다.

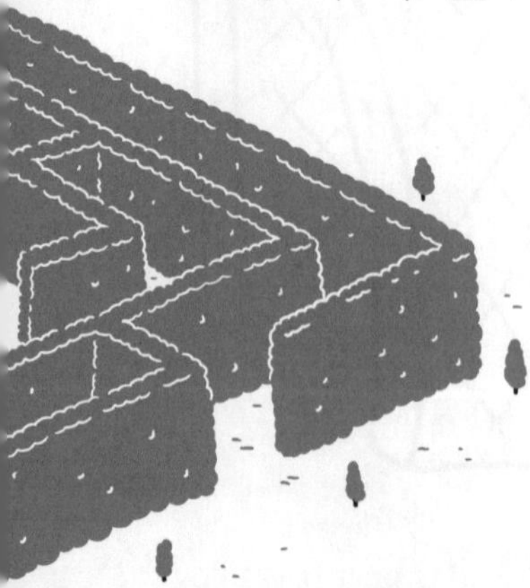

잘 걷기 위해서는 넘어지는 법을 배워야 한다. 이는 우리 인생의 이항식 중 하나다.

아이는 걷기 시작할 때 수도 없이 넘어진다. 넘어지면서 걷는 법을 배우고, 계속 걷기를 시도한다.

잃어버리는 것도 마찬가지다. 어릴 때부터 잃어버리는 법을 배운다면 커서는 잃어버릴 일이 없을 것이다.

이상하게도 우리는 나이가 들면서 어릴 적에 여러 차례 넘어졌던 경험이나 배운 것들을 잊고 많은 목표를 포기하게 된다.

하지만 어린아이의 영혼은 여전히 내 안에 남아있다는 것을 기억하자.

맑은 날,
자신의 마음을 돌아보라.

흐린 날,
인생의 '간주곡'을 즐겨라.

'간주곡'이란 인생이 당신에게 휴식을 강요하는 순간을 의미한다. 내게는 감기가 '간주곡'이다. 나를 침대에 묶어두니까. 나는 항상 그런 순간을 여러 문제들을 정리하라고 인생이 내게 준 선물이라 여겨왔다.

그렇기 때문에 '간주곡'은 내게 인생의 많은 것들을 정리할 수 있는 기회다. 아플 때나 변화가 필요할 때, 나는 그 기회를 갖는다.

맑은 날엔 나의 마음과 정신, 영혼, 몸, 그리고 내가 사랑하는 사람들을 위해 하루를 써야 한다.

맑은 날과 흐린 날 모두를 사랑하라. 이는 인생의 이 항식이다. 흐린 날도 결국 맑은 날과 다름없다.

'왜?'라고
질문하지 말 것.

'왜?'라는 질문은
슬프고 우울하게
만들 뿐이다.

불안은 무엇인가 일어날 가능성에 대한 의식이라고 하는데, 정확한 말인 것 같다.

'왜?'라는 질문은 무의미를 추구하는 의식이다.

'왜?'라고 질문하는 것은 아무짝에도 쓸모없다. 답이 없는 질문의 답을 찾는 것이나 마찬가지다. '왜?'라는 질문은 당신을 슬프고 우울하게 만들 뿐이다.

그 사람은 왜 나를 떠났을까? 그 사람은 왜 죽어야만 했을까? 왜 그것을 잃어버렸을까? 왜 병이 났을까?

답은 언제나 똑같다. 이 세상이 나에게 새로운 질문을 던졌을 뿐이다. 내가 새로운 답을 찾을 수 있도록 말이다.

마침표는
인생을 더욱
편리하게 만든다.

마침표와 줄임표는
지혜를 키워준다.

모든 것을 다 알려고 하지 마라. 그럴 필요 없다. 그저 예상하고 상상하는 것, 그것도 이 세상에 존재하는 마법 같은 일 중 하나이기 때문이다.

내면의 나에게는 내가 좋아하는 이들이 품는 '왜?' 라는 의문을 인지할 수 있는 능력이 있다. 그러나 모든 것을 알면 오히려 불확실성의 마법을 잃고 만다. 이 세상이 아름다운 이유는 결과가 어떻든 그 일을 미리 상상해볼 수 있기 때문이다.

그 상상이 현실로 이뤄지지 않을지언정, 그 상상들이 나의 내면을 채워준다.

날마다 많은 이야기들이 오고간다. 사람들은 전체 이야기를 끝내지 않고 줄임표나 마침표로 이야기를 맺을 때가 있다. 그 이유를 찾기 위해 애쓰지 마라. 오히려 당신이 원하는 결말로 채울 수 있는 가능성이 존재하니 기뻐해야 하지 않겠는가?

겁내는 것도 이제
지긋지긋하지 않은가?

언제까지
'내가 어찌할 수 없는 운명이야'
라고 받아들이면서 살 것인가?

모른 척하지 마라!

두려움은 모두 잊어라. 금지사항도 모두 잊어라. 법을 위반하라는 게 아니라, 별 의미를 두지 말라는 말이다.

괴로워하기보다 그 고통의 의미를 이해하려고 노력하라. 그것이 사는 것이다.

어릴 적 그랬던 것처럼, 자는 척하거나 모른 척하지 마라. 기차의 마지막 칸에 타는 이가 될지, 아니면 인생의 기관차를 이끄는 이가 될지 결정해야 한다.

두려움에 맞선다면 못 할 것이 없다. 최악의 상황을 상상해보라. 그러면 그 상황이 현실이 아님을 이내 깨닫게 될 것이다.

말은 적게 하고 행동하라. 생각을 너무 많이 하면 몸이 마비된다. 모든 일을 운명으로 받아들이지 마라. 당신의 인생은 당신이 만드는 것이니까.

그리고 두려움의 상처는 애정이 부족해서 생기는 것이다. 그러니 더 많은 사랑을 줘야 한다.

때로는 당신이
준비되어 있지 않기 때문에
퍼즐이 맞지 않는 것이다.

너무 급하게 결정을 내리지 마라. 내가 준비가 되었을 때 나에게 충고를 해줄 사람이 나타난다. 어쩌면 내가 원하던 그곳이 머릿속에서 떠나지 않아 그곳으로 돌아가게 될 수도 있다.

필연적으로 떠오르는 곳에 나의 목적이 자리하고 있을 것이다.

바람의 방향을 바꿀 수는 없을지라도, 목적지에 도착하기 위해 나의 돛의 방향을 바꿀 수는 있다.

그 돛은 우리가 경험한 일들, 우리가 만난 사람들을 의미한다. 중요한 결정을 내려야 할 때 그 인연이 언제나 함께해줄 것이다.

이 세상은 우리에게 퍼즐을 제공한다. 하지만 그 퍼즐을 내 안에서 찾아내려면, 내가 지혜로워야만 한다는 사실을 기억하라.

스무 번째 영감

더 나은 사람이 되기 위해,
그리고 더 나은 세상을 위해,
세상에서 잠시
멀어질 필요가 있다.

이 세상을 움직이는 사람이 되고 싶은가,
아니면 세상에 휩쓸리고 싶은가?
세상을 움직이는 사람에게
보상이 주어진다.

때로는 세상에서 잠시 멀어져 휴식을 취하거나 일상에서 벗어나는 일도 필요하다. 멈춘 것처럼 느껴질 수도 있지만, 사실은 회복할 시간을 갖는 것이다. 그 시간 동안 당신은 더 나은 세상을 만들기 위해 이 세상을 움직이고 있는 것이다.

인생의 자전거에서 잠시 내려와야 한다. 비탈진 언덕 탓에 내가 어디까지 왔는지 인지하지 못할 수도 있기 때문이다. 어쩌면 내가 원하는 곳에 이미 도달했을 수도 있다.

회복의 시간을 가진 후 일상으로 돌아왔을 때 당신에게 보상이 주어질 것이다. 더 나은 세상을 만들기 위해 이 세상을 움직이고자 하는 사람만이 가질 수 있는 보상이다.

문제란
세상과 사람들에게 기대한 것과
실제로 얻은 것의
차이일 뿐이다.

생각할수록
문제가 생겨나고.
춤을 추면
문제가 해결된다.

　　문제란 없다. 기대만 있을 뿐. 좋은 일이건 나쁜 일이건 세상의 모든 일은 영양가가 있고 당신을 성장하게 한다.

당신이 문제라 부르는 것들은 이 세상이 당신에게 주는 기회다. 새로운 도전 과제에 대처하게 하고, 내면의 나와 대화하도록 만드는 것이다.

사실 무엇을 기대하거나 바라지 않아도 된다. 이 세상의 모든 것은 그 자체로도 의미가 있으니까.

무엇보다 문제는 고민할수록 생긴다는 사실을 기억하라. 반대로 춤추기 위해 몸을 움직이고, 노래하고, 뛰놀 때 문제는 해결된다.

몸을 흔들 때 내면에 존재하는 힘을 발견하게 된다. 또한 문제를 춤추게 한다.

당신이 내린 결정을
받아들여라.

예전의 당신이
현재의 당신보다
현명했다는 사실을 받아들여라.
현재의 당신에게는 단지,
조금 더 많은 정보가
있을 뿐이다.

실패는
예상 밖의 성공이다.

내가 원했던 것과 실제로 얻은 것을 비교할 때에만 실패와 성공은 의미를 지닌다.

우리는 많은 고민을 통해 또는 충동적으로 결정을 내리지만, 모두 내면의 나와 내가 내린 결정이기 때문에 나름대로의 의미가 있다.

그 결정은 예전의 내가 내린 결정이기에 지금보다 더 용기 있는 결정일 것이다. 그러니 그 결정을 사랑할 줄 알아야 한다. 내가 기대한 결과가 아니더라도, 그 결과 안에는 결정을 내린 순간의 감정과 정보가 녹아있다는 사실을 기억하라.

결과가 나온 후 그 결정을 내렸던 자신을 사랑할 줄 모르고, 결과는 중요하지 않다는 점을 깨닫지 못한다면 당신은 불행한 사람이 될 수밖에 없다.

성공하느냐 실패하느냐는 절대로 중요하지 않다.

한계는,
내가 스스로
만들어놓은 것.

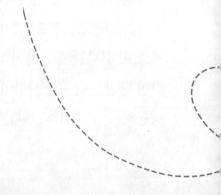

첫 번째 주제의 마지막이자 가장 중요한 영감이다. 내가 되고자 하는 것과 얻고자 하는 것은 모두 나에게 달려있다. 한계는 나 스스로 만들어놓은 것이다.

우리의 소망은 24시간 동안 유효하며, 우리의 내면과 공유해야 한다. 내면의 내가 원하는 것이 무엇인지 물어보고, 또 외면의 내가 원하는 것이 무엇인지 생각해보라. 그리고 서로의 대화를 통해 내가 이 세상에서 이루고자 하는 꿈이 무엇인지 찾아보라.

당신이 원하는 것이 무엇이든, 의지만 있다면 다 이룰 수 있다.

꿈과
소망에 관한
영감

———

23

———

꿈을 믿으면
그 꿈은 이루어진다.

'믿는' 것과 '이루어지는' 것은
그리 멀리 떨어져있지 않다.

믿으면 꿈이 이루어진다. 다른 방법은 없다. 생각의 힘과 소망의 힘만이 모든 것을 뛰어넘기 때문이다.

'준비운동만 하는 선수들'은 그 방법이 옳지 않다고 주장할 것이다. 당신이 그 비밀을 깨닫지 못하게 하기 위해서다. 하지만 불가능할 것 같은 일을 할 수 있다고 믿는다면, 생각보다 단순하게 해낼 수 있다. 매일매일 믿음을 가지고 꿈을 그리면 그 꿈을 실현하게 된다. 아주 적은 가능성만 보이더라도 그것을 현실로 만들 수 있다.

'믿는' 것과 '이루어지는' 것은 그리 멀리 떨어져있는 것이 아니다.

당신 안에 있는 재능을 사용하라. 우리는 자연의 힘이자 자연의 일부로서, 자연의 법칙을 따라야 한다. 우리의 소망과 꿈 또한 자연의 일부다.

꿈이 북쪽에 있다면,
그 꿈을 이룬 뒤에는
남쪽으로 향하라.

이 세상을 살아가기 위한 필수 요건 중 하나
는 바로 '일상에서 벗어나기'이다.

꿈이 여러 차례 좌절되는 때도 있지만 꿈을 이룰 때
도 있다. 두 경우 모두 우리는 길을 잃게 될 수 있다.
그래서 우리의 꿈이 북쪽에 있다면, 그 꿈을 이룬 뒤
에는 남쪽으로 방향을 바꿔야 한다는 사실을 기억
해야 한다.

성공하고 실패하는 과정에서 나 자신이 변화한다는
사실을 인정하고, 그때마다 꿈과 소망의 나침반을
보며 방향을 바꿔야 한다.

꿈꾸고 소망하며 모든 방향으로 나아가라.

진실은
이 세상을 움직인다.

진실은
나를 행복하게 한다.

중요한 것은
진실뿐이다.

진실은 상대적이다. 나의 진실과 상대방의 진실이 충돌할 수도 있다. 각자의 입장과 관심사에 차이가 있기 때문이다.

나의 윤리, 도덕, 지식이 이끄는 길에 나만의 진실이 존재한다.

그 진실에는 우리가 생각하는 것보다 더 큰 힘이 있어서, 그 진실을 따르지 않으면 우리는 뜬눈으로 밤을 지새우게 된다. 내면의 나 또한 잠들지 못한 채 뒤척이고 괴로워한다.

자신의 인생에 진실이 빠져있다면 텅 빈 껍데기로 느껴질 것이다. 세월이 흐름에 따라 그 진실이 변할 수도 있지만 아무리 힘들어도, 다른 사람들을 아프게 하더라도 그 진실을 지키기 위해 노력해야 한다. 일관성을 가지고 진실을 지켜나가는 것, 그것 또한 우리 에너지의 원을 이루는 일부이기 때문이다.

당신이 되고자 하는
사람이 되어라.
당신의 새로운 모습을
두려워하지 마라.

자기가 되고 싶은 사람이 되어야 한다. 영감에 대한 첫 번째 부분에서 이야기했듯이, 그 누구도 당신에게 '안 된다' 혹은 '잘못되었다'고 말할 수 없다. 우리는 모두 우리의 인생에서 되고자 하는 사람이 될 권리가 있다. 두려워할 필요도 없고, 단념할 필요도 없다.

그러나 이때 두 번째 과제가 등장한다. 원하는 것을 얻고 난 후, 내가 새로운 사람이 되었다는 사실을 받아들여야 한다는 것이다. 자기의 새로운 모습을 두려워하는 것은 큰 실수다.

내가 되고자 하는 사람이 어떤 사람인지 확신하면 된다. 자신이 원하는 것을 명확히 알고 내면의 나와 대화할 수 있다면, 이 세상에서 못할 일이란 없다.

꿈꾸는 일을
잊지 마라.

잠이 들면 세상에서 멀어진다.
세상의 영향을 받지 않는 시간이다.

사람들은 너무 급한 나머지,
생각하지 않고 바로 잠들어 버린다.

        매일 잠들기 전, 그날 배운 일을 되새겨보라.
그날 일어난 일을 생각해보지 않고 잠드는 것은 잘
못된 습관이다.

무엇보다 잠들기 전에 하루가 끝나는 것이 아니라
는 사실을 깨달아야 한다. 잠은 인생의 일부이며, 꿈
을 꾸는 것은 내면의 나와 소통하는 일이다.

꿈은 내면의 나의 안식처이자 삶이다. 잠자는 것을
어려워하지 말고 삶의 일부로 받아들여라.

잠드는 것이 힘들다면, 잠을 자려고 애쓰는 대신 내
면의 나에게 말을 걸어보라.

"잠들기 싫다면 자지 않겠어."

깨어있으려고 노력하다 보면 금세 잠이 들 것이다.

소원을
가져야 한다.

매일 입술을 모아
바람을 불고,
소원을 빌어보라.

어릴 적 생일 케이크의 촛불을 불던 것을 기억하는가? 넘어졌을 때, 어머니가 다친 부위를 불어주었던 것을 기억하는가? 신기하게도 촛불을 불면 소원이 이루어졌고, 상처는 아물었다. 바람을 부는 일은 마법과도 같기에 가능했던 일이다.

바람을 불면 이루어진다.

입으로 세게 부는 것은 내면의 나의 호흡이며, 여기에는 세상을 움직이는 힘이 있다.

바라는 것이 있어야 소원이 생겨나고, 그 소원이 이루어지길 원한다면 입술을 모아 바람을 불면서 열심히 소원을 빌어야 한다.

나의 소원이 무엇인지 생각해보고 매일 한 번씩 바람을 불어보라. 그리고 그 소원이 이루어질 거라고 믿어보라.

바람을 불지 않으면 소원도 없고, 소원이 없으면 행복도 없다.

당신의

걷는 모습을 보면,

당신이 웃는 모습을

알 수 있다.

몸의 움직임은 우리의 기분을 좌우한다. 웃는 것은 우리의 우주에 영향을 미치는 일이다. 그러니 우리는 매일 웃음을 지어야 한다.

우리는 옷을 고르기 위해 몇 분을 보내고, 차를 고르기 위해 몇 시간을 보내며, 집을 고르기 위해 몇 개월을 투자한다. 그러나 놀랍게도 그 무엇보다 중요한 웃음을 위해서는 특별한 노력을 기울이지 않는다. 웃음은 우리의 인격, 우리의 본질을 결정짓는데도 말이다.

웃기 위해 노력하라. 걷는 모습을 바꾸면 웃는 모습도 바뀐다.

당신의 몸은 당신의 것이다. 그리고 당신의 감정은 당신의 몸과 일치한다. 뛰놀며 웃음을 찾아라.

내게 중요한 사람들의 삶을
마음속에 간직하면,
내 안에서 그들은
더욱 커질 것이다.

매년 당신의 삶에서 중요한 사람, 당신을 성장하게 하는 사람들의 이름을 적어보라. 그들은 당신의 보석이자 에너지이며, 진주이고, 노랑이고, 다이아몬드이며, 같은 크리스털의 조각이다. 그들은 당신이 원하건 원치 않건, 너무 이르든 혹은 조금 늦든 당신 곁을 떠날 것이다. 그들이 이 세상을 떠날 수밖에 없다는 사실을 받아들여야 한다.

하지만 그들이 사라진다고 생각하지 말고 당신의 마음속에 남는다고 생각하라.

떠난 이의 삶을 그를 사랑했던 사람들과 함께 나눠 가져라. 그의 일부를 내 마음속에 간직하면 그 사람을 계속 느낄 수 있다.

그들의 삶의 조각을 사람들과 나눠 당신의 마음속에 담는다면, 그들은 당신 안에서 더더욱 커질 것이다. 그들이 죽는다 하더라도 그들의 삶과 에너지는 당신 안에 남을 것이다. 그러니 너무 두려워하지 말기를.

우리에게 유머가 주어진 것은
아주 멋진 일이다.
유머는 모든 문제의
해결책이기 때문이다.

당신이 가진 유머로 웃음, 폭소, 미소, 행복을 빚어라. 슬픔은 우리 인생의 일부이기 때문에 우리에게는 때때로 슬픔이 밀려올 수 있다. 그러나 슬픔 또한 예상치 못한 기쁨이 될 수 있다.

다른 이들을 통해 순간적인 행복을 느낄 때가 있다. 예를 들어 낮에 전조등을 켜놓고 운전했을 때를 생각해보라. 사람들은 당신에게 전조등을 켜놓았다고 알려줄 것이다. 그러면 사람들이 손을 흔드는 작은 행위와 그 에너지가 당신을 행복하게 해줄 것이다. 이렇게 타인의 에너지와 유머를 즐긴다면 안 좋은 날들을 이겨낼 수 있다.

우리에게 유머가 주어진 것은 아주 멋진 일이다. 우리를 우물에서 꺼내주기 때문이다.

이제 유머를 잘 사용해보자.

우연은,
내가 눈여겨봐야 할 것이
무엇인지 알려주기 위해서
일어나는 것.

불운은
행운보다 강하다.

이유 없이 일어나는 일은 없으며, 불운은 행운보다 강하다. 이 두 개의 개념을 믿어보라.

같은 날 이상한 일이 여러 번 생긴다면, 이 세상이 당신에게 어떤 길을 가르쳐주려 하는 것이다.

마찬가지로 우연은 우리가 무언가를 알아차리게 하기 위해 일어난다.

어떤 숫자가 생각나거나, 어떤 얼굴이 자꾸 떠오르거나, 특정한 곳을 가봐야겠다는 이상한 느낌이 든다면 그것은 이 세상이 당신에게 신호를 보내는 것이다. 당신이 지나칠 뻔한 것을 알려주려는 어떤 힘이 존재한다는 사실을 받아들이면 어떻겠는가? 이 세상이 그 힘과 공모하여 당신이 행동하게끔 도와주는 것이다.

때로는 당신의 내면이 방법을 알려줄 것이다.

네 번째 삶의 원동력은 바로
내면의 나.
이것을 이해한다면
당신의 모든 것이 바뀔 것이다.

많은 사람들은 행복해지기 위해 무언가를 하고, 사랑하고, 소망해야 한다고 믿는다.

또 다른 이들은 내 삶의 의미가 무엇인지 알 때 행복해질 수 있다고 믿는다. 빅터 프랭클은 의미 있는 삶을 살게 하는 세 가지 원동력을 이렇게 정의했다:

① 자신이 고안해낸 작품 또는 프로젝트를 진행하는 것.

② 자신이 믿는 가치를 위해 열성적으로 사는 것. 그중에서도 사랑하는 것.

③ 생존하기 위한 싸움, 다른 이를 구하기 위한 싸움, 그 피할 수 없는 고통.

나는 항상 사람들이 말하는 행복을 찾기 위해, 의미 있는 삶을 살기 위해 네 번째 원동력도 필요하다고 믿어왔다. 그것은 바로 '내면의 나'다. 내면의 내가 의미 있는 삶을 살기 위한 열쇠를 쥐고 있다.

내면의 나와 소통하라.

나는
나와 가까운
일곱 사람의
합의 평균치다.

우리는 우리와 가장 가까이 있는 일곱 사람의 두려움, 지혜 그리고 소망의 평균치를 가지고 있다. 우리는 스스로 변화하려고 노력하지만, 사실상 변화는 우리 주변에서 자신들의 에너지를 발산하고 있는 일곱 사람에게 달려있다.

그렇다고 그 일곱 사람의 일부를 바꾸려고 너무 애쓸 필요는 없다. 변하지 않더라도 실패가 아닌, 우리 삶의 일부분일 뿐이다.

당신은 당신과 가장 가까운 일곱 사람의 합의 평균치다. 그러니 매 순간 당신이 필요한 것과 원하는 것에 따라 그들을 찾아라.

그리고 만약 주변 사람 중 누군가 당신에게 상처를 준다면, 그 사람을 멀리하라. 그것이 어떤 상처이든.

인간은
연약한 살로 만들어졌음에도
강철로 만들어진 것처럼
행동한다.

지구는
나의 공기만큼의 크기를
하고 있다.

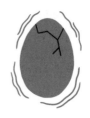

　　우리는 우리가 가진 보호막을 없애기 위해 노력해야 한다. 그 보호막은 우리가 그 어떤 감정도 느끼지 못하게 한다.

나에게는 지구 모양이 새겨진 비행기 멀미봉투가 있었다. 나는 가끔 거기에 공기를 불어넣어 보았다. 훅 하고 공기를 불어넣으면 지구는 나의 공기만큼의 크기를 하고 있었다.

우리는 사실 매우 작은 존재이다. 그러나 자신의 감정을 지배할 때, 우리는 더욱 큰 존재가 된다.

우리에게 영향을 주고 아프게 하는 것들이야말로 우리가 지닌 보호막과 질문을 인지하게 한다.

머리가 마음을 차갑게 하는 것이 아니라, 마음이 머리를 차갑게 하는 것이다.

뇌의 10%를 사용하는 것보다
중요한 것은,
감정을 사용하는 것이다.

우리는
감정의 2%도
사용하지 않는다.

감정이야말로 세상을 움직이는 힘이다.

우리는 나무의 가지에 머무르려 하지만, 사실은 뿌리에서 나의 존재를 찾을 수 있다.

뿌리는 바로 우리의 감정이다. 우리의 머리는 감정을 통해 통제되는 것이다.

따라서 감정을 느껴야 한다.

웃는 버릇을 가져보라. 감정이 보다 샘솟을 것이다.

때때로 나의 몸과 머리는 웃어야 한다는 사실을 잊어버려 감정도 사라지게 만든다.

그러니 몸을 통해 감정을 교육하고, 감정을 통해 머리를 교육하라.

두려움에 대해
말하지 않고는
두려움을 없앨 수 없다.
풀리지 않은 의문이
두려움이 된다.

매일
다섯 개의 좋은 질문을
던져보라.

우리가 필요한 정보를 가지고 있을 때 두려움은 사라진다.

풀리지 않은 의문이 두려움이 되기 때문이다. 그 의문을 푼다면 두려움도 사라진다.

하지만 의문을 풀기 위해서는 주위의 도움이 필요하다. 의문에 따라 적절한 충고를 해줄 사람이 있어야 한다.

매일 다섯 개의 좋은 질문을 던져보라. 그리고 그 질문에 답해줄 수 있는 사람을 찾아보라. 대화하며 정보를 얻을 때 두려움은 옅어진다.

만약 두려움이 너무 크다면, 그 두려움에 조심스럽게 다가가기보다 차라리 더 강하게 대응해보라. 당신이 느끼는 최악의 두려움에 맞서보는 것이다.

사람마다
자신에게 맞는
최적의 환경이 있다.

사람들은 각자 최적의 환경이 있다. 물, 해, 비, 바다, 8월, 홀수 연도 등등.

그 환경이 무엇인지 안다면 더욱 생산적인 사람이 될 수 있다.

나에게 맞는 최적의 환경을 찾아라. 나에게 최적인 장소를 찾는다면 행복해질 수 있는 최상의 조건이 생기는 것이나 다름없다.

최적의 환경은 예술적인 활동에 유리할 뿐만 아니라, 행복하게 살아가기 위해서도 꼭 필요하다.

본능에 충실하라. 그러면 당신에게 맞는 최적의 환경을 찾을 수 있다.

매일 2분씩
속삭여보라.

가끔은
무방비 상태로
집을 나서라.

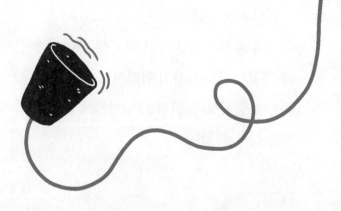

어떤 곳을 가리키기 위해 눈짓을 하거나, 창가 쪽 테이블을 부탁하기 위해 웨이터에게 속삭이는 사람들이 있다. 우리도 매일 속삭여야 한다. 속삭이면 멋진 일이 일어난다.

매일 2분씩 속삭여보라. 당신이 아끼는 사람들에게 속삭이는 모든 말들이 현실이 될 것이다.

그러니 좋은 일을 속삭여라. 속삭임은 내면의 나의 목소리이자 소망의 노래다. 속삭인 후 속삭임의 힘을 경험해보라.

그리고 가끔은 무방비 상태로 집을 나서보자. 핸드폰이나 온라인 연락처 등 그 무엇도 없이 세상 앞에 서라. 그때 세상이 당신과 소통할 것이다.

찾으려 애쓰지 말고
스스로 발견되게 하라.
더는 찾지 않을 때
발견하게 될 것이다.

무언가를 찾으려 할수록 발견하지 못한다. 중요한 것은 찾는 것이 아니라 스스로 발견되게 하는 것이다.

살아가면서 우리가 느끼는 두려움에 대응하고, 상처를 치료해야 한다. 항상 부정적으로만 생각하고 증오를 키운다면, 상처는 절대 아물지 않는다. 안 좋은 생각들이 끊임없이 떠오르고 증오가 다시 눈을 뜰 뿐이다.

앞서 얘기했듯, 자신이 느끼는 가장 큰 두려움에 맞서야 한다. 내가 절대로 하지 않으리라고 생각했던 일을 할 때 상상하지 못했던 결과가 나올 수 있다.

당신이 찾으려 애쓰지 않아도 운명이 당신을 위해 찾아줄 것이다.

잃는 것은
긍정적인 것이다.

잃는 것은
얻는 것과 같다.

계속 무언가를 잃는
시기가 있을 것이다.
하지만,
계속 얻는 시기도
있었다는 사실을 기억하라.

　　우리가 자주 잊고 지나치는 것이 있어 내가 다시 상기시키려 한다. 바로 잃는 것을 슬픔으로 받아들이지 말고 긍정적인 것으로 받아들여야 한다는 것이다. 사람들은 우리가 이 사실을 잊기를 바라지만, 이는 삶의 비밀이자 인생의 가장 기본적인 것이다.

인생은 얻기도 하고 잃기도 하는 것.

잃는 것을 사랑하라. 잃는 것들까지도 당신의 몸과 마음에 담아두라. 다른 이들이 과거를 산다고 비난하더라도, 잃은 것들에 대해 말하라.

잃는 게 있다는 것은 위험을 감수했다는 뜻이다. 위험을 감수하는 것은 살아있다는 뜻이고, 이는 결과적으로 행복한 사람이라는 뜻이다.

'웃음을 잃었구나.
내 주먹 안에
미소가 들어있단다.
그것을 잡으렴.'

상처를 미소로
되돌려줄 것!

공격을 미소로 되돌려주는 것만큼 '준비운 동만 하는 사람들'을 놀라게 하는 일도 없다. 상처를 상처로 되돌려주는 것은 그들에게 힘을 실어주는 꼴이다. 받은 상처를 되돌려주며 하루를 낭비하고 싶은가?

살면서 '가장 …한 사람', '최고'가 되는 것보다 중요 한 것은 내면의 나와 평화로움을 느끼는 것이다. 그 리고 매일 행복해지는 것이다.

나는 주먹을 쥐고 상대방에게 다가가, 주먹 안에 미 소가 있다고 말하곤 한다. 그리고 주먹을 풀 때 그 미소를 잡아야 한다고 알려준다. 내가 주먹을 푸는 순간, 그 사람은 입가에 미소를 짓게 된다.

길 가는 사람들은 마치 웃는 것이 금지되기라도 한 듯이 그 누구도 웃지 않는다. 당신이 한번 바꿔보라. 웃으면 굉장한 일이 일어난다!

이 세상은
커다란 운동장과 같다.

매일을
일 년 중 가장 좋아하는 날로
만들어라.

어린아이가 되어 꿈꾸고,
어른이 되어 그 꿈을 실현하라.

마음껏 뛰놀 것! 이 세상은 교실이 아닌 넓은 운동장이니까.

노는 것은 이 세상에서 가장 기본적인 것이다. 이 중요한 것을 잊어야 할 만큼 심각한 일이란 없다.

세상을 너무 복잡하게 바라보면 지는 것이다. 그러니 이 세상을 큰 운동장이라고 생각하라. 그 운동장에서 어린아이처럼 뛰놀아라. 그 어린아이가 원하는 소망을 이룰 수 있도록 도와라.

그리고 내일은 사랑하는 사람들을 만날 수 없을지도 모른다고 생각하라. 당연히 내일도 그들과 함께할 수 있으리라 여기지 말고, 내일이 오지 않을 것처럼 그들과 작별하라. 그러면 오늘을 함께할 수 있는 데 감사하게 될 것이다.

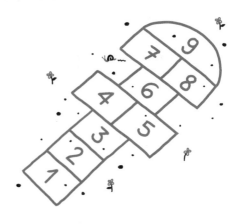

다른 이들이
잘되길
소망하라.

어떤 이가 말하길, 섹스를 한 후 또는 어떤 쾌락을 맛본 후의 모습이 진짜 그 사람이라고 한다. 그때는 비로소 오직 나 자신만 남는다는 뜻이다.

또 어떤 이는 자기 자신을 좋아하는 것만으로는 만족할 수 없다고 했다. 자기 자신을 사랑하여 나르시시즘에 빠지더라도 행복할 수는 없다고 말이다. 나는 그 이유가 '바라는 것'과 관련이 있다고 생각한다.

무언가를 오직 나를 위해서만 바란다면 그 일은 결코 이뤄지지 않는다. 그러나 만약 다른 사람을 위해 무언가를 바라고 나의 운과 에너지를 나눈다면, 모든 것이 달라진다.

다른 이들이 잘되길 바라고 그들의 꿈을 위해 함께 싸워라. 그러면 자기 삶의 의미를 찾게 된다.

과거는
상자에 담아라.

당신이 사랑하는 사람을
보호하라.

이제 두 가지 주제를 모두 다뤘다. 무엇보다 실행하는 것이 중요하다는 점을 기억하라.

때로는 우리의 힘든 과거가 우리를 아프게 한다. 그럴 때는 과거를 상자에 담아둬야 한다.

내가 감당할 수 없는 것, 잃은 것을 얻은 것으로 도저히 생각할 수 없는 것들은 상자에 담아라.

과거를 상자에 담아두는 것은 그것이 더는 내게 영향을 주지 않게 하려는 것이다.

그리고 또 하나. 사랑하는 사람을 보호하라. 안 좋은 일이 일어나지 않도록 당신의 에너지로 그들을 보호해줘야 한다.

감당할 수 없는 것은 상자에 보관하고, 사랑하는 사람을 지켜라. 무엇을 보관할지 또 누구를 지킬지는 당신이 정하는 것이다.

사람과

감정에 관한

영감

23

사랑을 주는 것이
받는 것보다 위대하다.

그 사람을 좋아하지 않는다면
지루하기만 할 것이다.

많이 좋아하면
사랑하는 것이다.

세 번째 주제는 좋아하고, 사랑하고, 바라는 것에 관한 것이다.

무엇보다 내가 느끼는 것이 중요하다. 그것이 삶의 네 번째 원동력이다. 무감각해지는 것을 거부하라. 모든 것을 느껴야 한다.

그리고 사랑을 주는 것이 받는 것보다 위대하다는 사실을 잊지 마라. 당신을 좋아하는 사람이 있어도 당신이 그 사람을 좋아하지 않는다면 지루하기만 할 테니까.

관계는 모두 매력적이고 중요하지만, 어떤 관계는 내가 누구인지, 내가 진정으로 원하는 것이 무엇인지와는 거리가 있다는 사실도 기억하라.

당신의 모든 것을 관계에 쏟아 붓는다면 결국 텅 빈 느낌이 들 것이다.

"너 없이는 못 살아."
"살 수 있을 거야."
"그렇겠지.
하지만 그러고 싶지 않아."

가끔은 사랑만으로 부족하다. 아무도 우리에게 알려주지 않았지만, 사랑한다고 해서 모든 것이 다 잘되는 것은 아니다. 어쩌면 누군가를 아무리 사랑해도 조금은 거리를 둬야 할지도 모른다.

어떤 사람들은 자신의 매력으로 당신을 홀리지만, 막상 함께하게 되면 인생이 꼬이기 시작할 수도 있다. 그냥 받아들일 수밖에 없다. 하지만 그 감정 자체는 당신의 삶을 움직이는 원동력이 된다.

인생은 다양한 실패들로 만들어지지만, 특히 사랑의 실패가 가장 큰 교훈을 준다.

그리고 좋아하는 것과 이루어지는 것은 다르다는 점을 이해하기 바란다. 일어나지 않길 바라는 일을 막을 수도 없다.

어릴 때부터 사람들은 당신에게 무엇을 좋아하고 좋아하지 않는지를 종종 물었을 것이다. 그렇지만 좋지도 않고 싫지도 않은 일들도 많지 않은가? 그런 부분이 바로 인생을 흥미롭게 하는 것이다.

이 세상에서
가장 강력한 마약은,
짝사랑이다.

　　나를 사랑하지 않는 어떤 사람을 사랑하거나 원하는 일도 삶의 원동력이 된다. 당신을 원하지 않는 그 사람도 언젠가는 그를 원하지 않고 사랑하지 않는 사람을 만나게 될 것이다.

이는 당신의 상상 속에 존재하는 사랑의 회전목마와 같다. 실제로는 당신 삶의 일부가 되지 않았지만, 상상 속에서는 그 사람과 인생을 함께했을 수도 있다.

짝사랑은 우리에게 큰 힘을 주는 마약과도 같은 감정이니, 억지로 그 욕망을 없애려 하지 말고 즐겨라.

인생에는 이루어진 바람도 존재하고 이루어지지 않은 바람도 존재한다. 바라는 것 자체가 중요한 것이다.

사람들이 보여주는 것에
집중하지 말고,
보여주지 않는 것에 집중하라.

숨기려 할수록
더 잘 보이는 법이다.

'너의 비밀을 말해주면
네가 왜 특별한지 알려줄게.'

누구에게나 비밀이 있다. 그 비밀을 누군가에게 알려주면 비밀의 힘과 에너지는 사라진다.

비밀은 사람을 매력적으로 만드는 요소라는 것을 기억하라. 그 사람이 숨기는 비밀이 무엇인지는 그리 중요하지 않다. 그보다는 그 비밀을 예측해보는 과정이 더 중요하다. 왜 비밀이 있을까 알아내는 일은 이 세상의 가장 큰 기쁨 중 하나다.

사람들이 숨기는 것이 무엇인지 알 때, 보여주려 하는 것이 무엇인지 더 잘 이해하게 된다.

이 또한 우리 인생의 이항식이다. 우리가 가진 특별함을 사랑해야 한다. 그러니 우리를 특별하게 만드는 내면의 비밀을 이해하고 사랑하라.

당신 내면의 비밀이 무엇인지 아는 것은 큰 행운이다.

나를 있는 그대로
인정하는 것보다.
다른 사람을
있는 그대로 인정하는 것이
더 어렵다.

우리는 모두 무지하다.
아무것도 모르면서
다른 사람을 무시하지는 않는지….

내가 아니라 이 세상이 변해야 할 때가 있다. 믿기 어렵겠지만, 누구나 이 세상을 변화시킬 힘을 지니고 있다. 다만 무엇을 변화시켜야 할지를 명확히 알고 있는 것이 중요하다.

나를 있는 그대로 인정하는 것보다 다른 사람을 있는 그대로 인정하려 노력해야 한다. 다른 사람의 머릿속에 들어가 보고, 그 사람의 세상을 이해하려 하면 오히려 나 자신이 보일 것이다.

다른 사람에게서 배울 게 하나도 없어 보여도, 오히려 매일매일 새로운 것을 배우게 될 것이다.

나의 무지를 인정하고 나의 두려움을 없애기 위해서는, 다른 사람에게서 배우는 것이 중요하다는 점을 기억하라.

자신의 카오스를
사랑하라.
나의 특별한 점을 사랑하고,
내가 그들과 똑같길 바라는 사람들과
싸워라.

타인과 함께 있을 때
나의 특별함이
더 돋보이는 법이다.

어떤 사람의 카오스라는 건, 다른 이들이 이해하지 못해 바꾸기를 바라는 점이다. 그러나 그 카오스야말로 그 인간을 더욱 특별하게 만드는 요소다.

다른 사람이 당신의 카오스를 이해하지 못하더라도 상관없다. 자신의 카오스를 사랑하라. 만약 상대방에게서 이해가 가지 않는 점이 당신에게 상처를 준다면 이야기하라: "너의 카오스를 사랑하되 나에게서는 멀어져다오."

카오스에는 생각도 없고 도덕도 없다. 자신의 카오스를 찾고, 이해하고, 사랑하는 것은 의무다.

카오스는 당신을 특별하게 만들기에, 카오스를 사랑하고 당신의 특별함을 사랑해야 한다.

다른 사람들이 옆에 있을 때, 비로소 당신의 특별한 점이 돋보인다는 사실 또한 기억하라.

살아있으려면

살아야 한다는 것을

잊지 마라.

죽는 것은 슬픈 것이 아니다.

슬픈 일은

열정적으로 살지 않는 것이다.

위험을 감수하라.

이는 언제나 좋은 답이다.

살아있으려면 살아야 한다. '살다'라는 동사를 되새겨야 한다. 또한 위험을 감수해야 한다. 이는 언제나 옳은 답이다.

매일이 마지막 날이라고 생각해보라. 다음 날 눈을 뜰 때 세상이 얼마나 아름다운지 깨닫게 될 것이다. 살아있는 것 자체가 삶에 의미를 부여한다.

하지만 무엇보다 당신만의 방식대로 살아야 한다. 다른 이들이 만든 규칙에 따라 사는 것이 무슨 의미가 있겠는가? 당신 자신만의 규칙을 만들어라.

죽는 것은 슬픈 게 아니라는 사실을 기억하라. 자연의 법칙일 뿐이다. 정말 슬픈 일은 열정적으로 살지 않는 것이다.

그 누구도 당신의 삶을 대신 살아주지 않는다. 그 누구도 당신만이 알고 있는 꿈을 위해 대신 싸워주지 않는다. 그러니 당신의 우주를 만들고, 살아나가라.

보고 싶은 것을 찾아서,
그것을 보라.

누구에게나 열정이 있다. 그 열정을 찾아내야 한다. 당신이 보고 싶은 것을 찾아서 보고, 하고 싶은 것을 찾아서 하라. 시간과 노력을 들여야 찾을 수 있다.

우리는 모두 생일이 두 번 있다. 태어난 날과 삶의 눈을 뜬 날이다.

이 세상에서 나의 존재의 의미를 찾는 날이 바로 삶의 눈을 뜨는 날이다. 그날은 정말 특별한 날이 될 것이다.

그날을 찾은 후에도 많은 기념일을 갖게 될 것이다. 삶의 의미를 찾으면 계속해서 기념할 날들이 생길 테니까.

자신이 왜 사는지 아는 사람은 어떻게 살아야 하는지도 알고 있다.

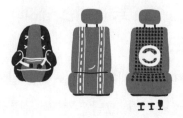

잠에서 깨어나는 순간을
즐겨라.

인생의 매 순간,
세상이 내게 선물하는
자리를 사랑하라.

누군가 잠에서 깨어나는 것을 바라보는 것은 큰 선물이다.

내면의 내가 사라지고 외면의 내가 깨어나는 순간을 매일 새로운 탄생으로 받아들여야 한다. 익숙해지지 말고 언제나 그 순간을 즐겨야 한다.

또한 인생이 나에게 선물하는 하나의 자리에 익숙해져서는 안 된다. 인생은 자동차와 많이 닮아있다. 어린아이일 때는 뒷좌석에 앉는다. 동생들이 태어나면 가운데에 끼게 된다. 그리고 열여섯 살이 되면 공동 운전자가 된다. 마침내 면허증을 발급받으면 나만의 차를 운전할 수 있다. 그리고 나이가 들면서 다시 공동 운전자가 되고, 뒷좌석에 앉게 된다.

인생은 당신을 움직이게 하고 변화하게 한다. 그런데 계속 젊은이로 살려고 하는 것은 가장 바보 같은 짓이다.

당신의 자리를 사랑하라.

당신이 살아가는 날들을 사랑하라.

소유하지 못한 것을
아쉬워하는 건
끔찍한 일이다.

소유하는 것은 오히려
실수일 뿐이다.

나만을 위해서
누군가를
소유하려 하지 말고
자연과 공유하라.

　　자신이 소유하지 못한 것에 대해 아쉬워하는 것을 조심해야 한다.

우리가 원했던 것을 갖지 못하거나 원했던 사람이 나와 함께하기를 거부하거나 시간이 흘러 떠났을 때, 우리는 감정적으로 괴로워질 수 있다. 하지만 우리는 물건이나 사람을 애초부터 소유한 적이 없다는 사실을 기억해야 한다.

소유하는 것은 실수다. 어떤 것도 당신 것이 아니다. 당신만을 위해 소유하고자 한다면 언젠가는 잃게 된다.

당신이 소유하고자 하는 것을 자연과 공유하라.

감정을 빨아먹는
뱀파이어가 될 것!

사람이 살면서 자는 시간은 평균 25년이라고 한다. TV를 보는 시간은 8.3년, 일하는 시간은 7.5년, 먹는 시간은 6년, 청소하는 시간은 5년, 목욕하는 시간은 4.1년, 꿈꾸는 시간은 4년, 책 읽는 시간은 6.9개월, 운동하는 시간은 4.4개월, 그리고 열쇠를 찾는 시간 3개월….

리스트는 한도 끝도 없이 이어질 수 있다. 하지만 우리의 기본적인 감정을 찾기 위해, 느끼기 위해 쓰는 시간은 너무나 적다.

감정을 위해 더 많은 시간을 할애해야 한다. 감정은 우리에게 힘이 되어주고 일용할 양식도 되어준다.

매일 감정을 빨아먹는 뱀파이어가 되어보는 것은 어떨까?

삶,
사랑,
섹스에
용감해져라.

인생의 소소한 것들을 지키면
큰 것을 얻게 된다.

큰 것만 지키려 하면
작아지고 만다.

  삶, 사랑, 섹스에 용감해져라. 용감한 자는
다른 사람들이 이해하지 못하더라도 내가 원하는
것, 좋아하는 것, 필요한 것을 인정하는 사람이다.
우리는 끊임없이 갈망하기 위해 태어났다는 사실을
깨달아야 한다. 우리의 몸속엔 어둠 속에서 상대의
입술을 찾고자 하는 특정한 신경세포가 있다. 우리
는 그렇게 만들어졌다.
당신도 조금씩 용감한 사람으로 거듭날 수 있다. 왜
냐하면 누구나 용감한 사람이 되기 전에 비겁한 사
람이었던 적이 있기 때문이다.
그리고 인생의 소소한 것들을 지키면 큰 사람이 된
다는 것을 기억하라. 반대로 큰 것만 지키려 하면 작
아질 것이다.

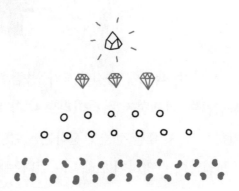

노랑 23개,
진주 12개,
다이아몬드 3개,
그리고 같은 크리스털 조각.

'노랑'은 우정과 비슷하다. 노랑은 우정과 사랑 사이에 존재한다. 노랑은 당신의 삶에 오래 머물지 않았어도 단 한 번의 대화로 당신을 변화시키는 사람이다.

모든 사람은 23명의 노랑을 가질 수 있다. 노랑은 우정과 사랑 사이에 있으며, 당신에게 전부와도 같은 아주 특별한 존재다.

23명의 노랑과 더불어 당신은 매년 12명의 진주를 찾아야 한다. 그 12명은 1월에는 알지 못했지만, 12월에는 당신 삶의 일부가 되는 사람들이다.

그리고 12명의 진주 중에서 3명의 다이아몬드를 발견하게 될 것이다. 당신의 삶에서 가장 밝게 빛나는 3명의 진주가 다이아몬드가 된다.

당신의 노랑, 진주, 다이아몬드, 그리고 같은 크리스털 조각을 열정적으로 찾아라.

말은
중요하지 않다.

할 말이 없는 게 아니라,
모든 것을 말한 것이다.

음소거

가끔은 누군가와 더는 할 말이 없는 상태에 이르곤 한다. 이것은 인생의 법칙이다. 우정과 사랑은 언제나 재활용되는 법이다.

가끔은 같은 사람과도 관계를 새로 시작해야 하는 시점이 온다. 할 말이 없어져서가 아니라 이미 모든 말을 했기 때문이다.

말은 아무렇게나 뱉는 것이 아니다. 말을 많이 하는 것이 중요한 것이 아니라 그 강도가 중요하다.

필요한 것만을 이야기하고 침묵을 사랑하는 법을 배워라. 마지막을 두려워하지 말고 새로운 시작을 즐겨라.

세상이 당신의 존재를

알아차리도록,

더 세게

두근거려라.

포기해도 되는 게임을

왜 우리는

계속하는 것일까?

우리의 심장을 의무적으로 뛰게 해야 한다. 그러면 내 옆에 있는 사람이 나를 무시할 수 없게 된다.

사실 그 누구도 다른 사람을 무시해서는 안 된다. 이는 우리가 지켜야 할 자연의 법칙이며 이 세상을 살아가기 위한 기본적인 요소다.

심장이 더 세게 두근거리는 것을 두려워하지 마라. 당신의 삶이니 당신이 사랑하는 것, 원하는 것, 좋아하는 것을 당당히 보여줘도 괜찮다.

인생이라는 게임에서 퇴장하기란 그리 어렵지 않다. 그런데도 게임을 계속하는 이유는, 다른 이들에게 그리고 우리 자신에게 해줄 이야기와 설명이 남아있기 때문이다.

심장을 뛰게 하라. 더 빨리. 그리고 당신이 사랑하는 사람들의 심장 소리에도 귀를 기울여라.

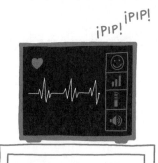

자유로운 사람만이
행복할 수 있고,
원하는 사람이 된 자만이
자유로울 수 있다.
그 어떤 것의 노예가 되지 않을 때
최상의 쾌락을 맛볼 수 있다.
그 쾌락의 노예가 되어라.

우리는 아이들에게 이 문장을 속삭여야 한다. "네가 원하는 것 모두 이룰 수 있단다."

내가 되고 싶은 사람이 될 자유는 환상이 아니라 이룰 수 있는 현실이다.

그러니 당신이 되고 싶은 사람이 되어라.

성격에 따라 자신이 피할 수 없는 문제가 결정된다.

그리고 우리가 회피한 것으로 말미암은 후회 또한 마찬가지다. 그런 후회들은 당신을 잠 못 이루게 하고, 당신이 되고자 하는 사람이 되기 힘들게 한다.

아직 늦지 않았다.

나는 어릴 때 받은 상처의 산물이다. 하지만 그 상처를 치유할 수 있다. 어릴 때 금지되었던 것들, 의무적으로 받아들여야 했던 것들, 사람들이 당신에게서 빼앗아 간 것들을 이제 바꿔보자.

고독한 것이 아닌,
나를 느끼는 것.

이제부터 당신은 절대 혼자가 아니라는 사실을 기억하라. 내면의 당신이 항상 함께할 테니. 그 누구도 내면의 나를 빼앗아 갈 수는 없다. 내면의 당신은 어린아이이며, 언제나 당신과 함께한다.

이 세상은 우리가 생각하는 것을 방해하려고 우리의 집중력을 빼앗아 가곤 한다. 이 세상과 연결되어 있기 위해 계속해서 무언가를 해야 한다는 느낌을 떨쳐내라.

당신의 내면과 대화하는 데 시간을 들여라. 고독함을 느끼는 것은 사실 내면의 나와 함께하고 있는 느낌이다.

그 고독을 피하지 마라.

당신의 친구가 되어줄 것이다.

어떤 사람은
나와 같은 크리스털의
조각이다.

앞에서 노랑, 다이아몬드, 진주에 관해 이야기했다.

이와 더불어, 세상은 당신이 찾아낼 수 있도록 어떤 사람을 당신의 반대편에 두었고, 당신이 알아볼 수 있도록 어떤 사람에게 당신과 비슷한 면을 부여했다. 당신과 그 사람은 신체적으로 닮았을 수도 있고, 단순히 같은 영화나 음악, 같은 색을 좋아할 수도 있다.

이처럼 당신과 가장 높은 수준의 공감대를 형성하는 사람은 당신과 같은 크리스털의 조각이다. 한 조각의 일부로 만들어진 두 사람. 논리적으로 설명이 안 된다고 느껴질 만큼 서로 통하는 게 많은 사이. 그들은 같은 크리스털의 조각이며 같은 내면, 같은 영혼, 같은 속삭임과 소망을 가진 사람들이다.

피자 상자 안에
어떤 피자가 들어있었으면
좋겠는가?

우리는 반드시
자연의 법칙을
따라야 한다.

매일 다음과 같은 질문을 던져보라. '피자 상자 안에 어떤 피자가 들어있으면 좋을까?'

남들이 고른 피자에 만족하지 마라. 당신이 원하는 것과 필요한 것을 희생하면서까지 포기하지 마라.

이 세상에서 가장 어려운 일은 내가 좋아하는 것을 찾는 일이다. 내가 진정 필요한 것과 나를 행복하게 하는 것, 내가 버려야 할 것 말이다.

우리는 반드시 자연의 법칙을 따라야 한다는 사실을 잊지 마라. 한 사람 한 사람이 자연의 법칙이며, 그것을 지키지 않는 것은 자기 자신에 반하는 것이다.

어린 왕자가 말했듯, 가장 중요한 것은 눈에 보이지 않는 법이다. 내면의 당신과 함께, 당신이 필요로 하는 것을 찾아보라.

누군가를 좋아하고 있음을
아는 방법은, 바로
두 눈을 감는 것이다.

그를 사랑하는가, 아니면 그가 당신을 사랑하는가? 그를 원하는가, 아니면 그가 당신을 원하는가? 사랑인지 어떻게 알 수 있을까? 사랑은 존재하는가?

위의 물음에 대한 답은 존재하지 않는다. 답을 찾으려 하지 마라.

교통사고의 목격자를 찾는 일처럼 당신의 사랑의 목격자를 거리에서 찾을 수 있다면 얼마나 좋겠는가?

'보스턴 거리의 교차로에서 나의 사랑을 목격한 사람은 모두 손들어 보시오!'

하지만 현실은 그렇지 않다. 사랑이라는 그 감정의 실체를 알기 위해서는 두 눈을 감고 내면의 나에게 물어보는 수밖에 없다.

복잡한 질문의 답은 의외로 간단하다.

사랑은
체스와도 같다.

사랑하는 방법이 모두 같지는 않다. 각자 사랑하는 방법과 속도는 다 다르다.

당신의 사랑을 영화나 연극에 비교해볼 수 있다. 멜로드라마인가, 클래식인가, 신사실주의인가?

나는 사랑이 체스와 같다고 생각한다.

룩*과 비숍**처럼 빠른 움직임으로 사랑하는 이들이 있고, 나이트***처럼 괴상한 모습으로 사랑하는 이들도 있다. 그리고 폰****처럼 사랑에 서툴러 천천히 나아가는 사랑이 있다. 하지만 폰은 체스 판의 마지막 칸까지 꿋꿋이 나아갈 수 있다.

당신의 움직임을 믿어라. 그것이 당신이 사랑하는 방법이다. 그리고 상대방의 움직임을 존중하라. 그는 체스 판의 마지막 칸까지 나아갈 수도 있고, 사랑하는 방법을 바꿀 수도 있다.

---

* 룩(rook): 체스에서, 가로 또는 세로 방향으로 경기자가 원하는 칸만큼 전진 또는 후진할 수 있는 말. **비숍(bishop): 대각선 방향으로 경기자가 원하는 칸만큼 전진 또는 후진할 수 있는 말. ***나이트(knight): 한 줄에서 두 칸, 직각을 이루는 줄에서는 한 칸을 L자 모양으로 움직일 수 있는 말. ****폰(pawn): 한 번에 한 칸 전진할 수 있는 말.

포옹은
2분 동안.

많은 사람들이
두꺼운 피부를 갖고 있어서
아주 세게 포옹해야만 한다.

포옹에 관한 이야기를 해보겠다. 많은 사람들이 포옹하는 방법을 잘 모른다.

포옹하기 위해서는 상대방의 마음을 찾아야 한다. 포옹은 마음 대 마음이다.

그리고 포옹은 2분 동안 지속해야 한다. 2분 동안 포옹해야 당신의 목표를 이룰 수 있다. 포옹할 때 상대방의 에너지에 균열이 생기고 그때 당신이 하고 싶은 말을 할 수 있다. 그의 에너지가 따뜻해졌기 때문에 어떤 부탁이라도 들어줄 것이다.

말의 피부처럼 두꺼운 피부를 가진 이들도 있다. 그런 사람들은 더욱 세게 포옹해야 한다.

피부를 맞대고 느껴라.

당신의 섹스를
분석하라.

마지막 영감은 섹스와 그 필요성에 관한 것이다. 당신이 무엇을 원하는지 자문해보라. 섹스는 다양하며 자신에게 맞는 섹스를 찾아야 한다. 당신이 여태까지 보고 믿었던 것은 섹스가 아니다.

섹스는 매우 개인적이며, 자신을 표현하는 방법의 하나다. 스스로 깊은 생각에 잠겨 필요한 것이 무엇인지 알아내야 한다. 나답게 느끼지 못했던 적이 언제였는지 생각해보라.

무엇보다, 자신의 섹스를 분석해봐야 한다. 내 몸의 어떤 부위를 아껴주고 포옹해주지 않았는지 찾아내는 것이 중요하다.

중요한 것은 사랑과 섹스를 둘러싼 모든 것이라는 점을 이해하기 바란다.

3장

배를 간질이는 23가지 달콤한 가위질

앞서 세 주제에 대해 각각 23가지씩의 영감을 얻었다. 이제 당신을 행복하게 해주는 환경, 말, 소망, 추억 그리고 장소에 대한 영감을 얻어야 한다. 나는 이를 '달콤한 가위질'이라 부른다.

달콤한 가위질이 무엇인지 궁금하지 않은가?

내 친구는 고양이를 기르고 있는데, 가위로 하몽*을 자를 때마다 고양이가 좋아서 날뛴다고 한다. 그 가위질 소리가 고양이를 행복하게 해주는 것이다.

그것이 바로 '달콤한 가위질'이다. 그런 소리는 누구에게나 들릴 만큼 커서 고양이도 충분히 들을 수 있다.

---

*하몽(jamón): 돼지 뒷다리의 넓적다리 부분을 통째로 잘라 소금에 절여 건조·숙성시켜 만든 스페인의 대표적인 생햄.

우리는 각자 자신만의 '달콤한 가위질'을 찾아야 한다. 자기 자신을 행복하게 만드는 소소한 것들 말이다.

나는 이 책이 우리를 행복하게 만드는 소리와 향기, 단어들로 가득하길 바랐다.

달콤한 가위질은 나의 우주를 구성하고 나를 행복하게 하는 것들과 연관되어 있다.

3장에서는 다음의 세 가지 달콤한 가위질에 대해 이야기할 것이다:

나를 행복하게 하고 날마다 나에게 영감을 주는 명언

과거를 통해 현재를 즐길 수 있게 해주는 삶의 단편

나만의 특별하고 달콤한 가위질 ─ 영화, 음악, 그림, 장소

이 세 가지 달콤한 가위질은 각각 23개의 영감으로 제시된다. 이 영감을 모두 들이마시고, 당신 자신의 것으로 채우길 바란다.

—

나에게

영향을 주고

나를 만드는 명언

———

23

—

나에게 영감을 주는 23개의 명언이다. 나는 이 명언들을 단순히 좋아하는 것이 아니다. 죽어서 하늘나라에 가면 꼭 만나보고 싶을 정도로 존경하는 사람들의 명언이다. 그들의 내면과 만나 이야기하고, 그들의 말이 무엇이었는지 들어보고 싶다.

여러분도 이 명언을 읽는 데서 그치지 말고 그들의 책과 음악, 그림을 찾아보고 영감을 얻길 바란다.

그리고 자신만의 명언 리스트를 만들어보라. 누구에게나 자신의 길을 결정짓는 23가지의 명언쯤은 있어야 한다.

다른 계획들을 세우다가
지나가 버리는 것이 인생이다.

존 레논 John Lennon, 영국의 록 밴드 비틀스의 멤버

누가 무엇을 하든, 어떤 사람이든,
미래는 모든 사람에게 시간당 60분의 속도로 다가온다.

C. S. 루이스 C. S. Lewis, 영국의 소설가, 수학자

인간은 창의적으로 행동하거나 사랑할 수 없을 때
파멸에 이르게 된다.

세자르 만리케 César Manrique, 스페인의 건축가

카오스는 곧 바로잡힐 질서다.

드니 빌뇌브 Denis Villeneuve, 영화감독, 시나리오 작가

우리는 사람들이 사랑을 나누기 위해서
숨는 세상에 살고 있다.
폭력은 대낮에 행해지는데도 말이다.

존 레논 John Lennon

우리 인생에서 젊음이라는 단계가 조금 늦게 찾아온다면
더할 나위 없이 좋을 것이다.

허버트 애스퀴스 Herbert Asquith, 영국의 정치가

피할 수 없는 것과 피한 것들로 인한 후회가
사람의 인격을 결정한다.

아서 밀러 Arthur Miller, 미국의 극작가

결함을 찾지 말고 개선할 방법을 찾아라.

헨리 포드 Henry Ford, 포드의 창설자

환경이 변하는 게 아니라
우리가 변하는 것이다.

헨리 데이비드 소로 Henry David Thoreau, 미국의 사상가, 수필가

내가 다른 이들을 위해 지켜야 할 의무는 단 하나뿐이다:
자유를 존중하고 노예사회의 일부가 되지 않는 것.

에인 랜드 Ayn Rand, 러시아 태생의 미국 작가, 철학자

가끔은 내가 제정신이 아닌 사람들의 나라에서
살고 있다는 생각이 든다.

존 F. 케네디 John F. Kennedy, 미국 제35대 대통령 / 사망 하루 전날

어느 날 아침, 검은색 물감이 없었던
우리 중 한 명이 푸른색을 사용했다.
그렇게 인상주의가 태어났다.

오귀스트 르누아르 Auguste Renoir, 프랑스의 화가

우리의 호랑이들은 우유를 마신다.
우리의 매들은 걸어 다닌다.

비스와바 심보르스카 Wisława Szymborska, 폴란드의 시인

생각하는 대로 행동하지 않으면
행동하는 대로 생각하게 될 것이다.

블레즈 파스칼 Blaise Pascal, 프랑스의 수학자, 철학자

행복했다면, 실수가 아니다.

밥 말리 Bob Marley, 자메이카의 음악가

꿈에 물을 주지 않는 사람은 빨리 늙는다.

윌리엄 셰익스피어 William Shakespeare, 영국의 극작가

모든 어린이는 예술가다.
문제는 어떻게 하면 이들이 커서도
예술가로 남을 수 있게 하느냐다.

파블로 피카소 Pablo Picasso, 스페인 태생의 화가

인생을 살아가는 데는 두 가지 방법밖에 없다.
하나는 기적은 없다고 믿는 것이고,
다른 하나는 모든 일이 기적이라 믿는 것이다.

알베르트 아인슈타인 Albert Einstein, 독일 태생의 이론물리학자

내일 죽을 것처럼 살고, 평생 살 것처럼 배워라.

간디 Mahatma Gandhi, 인도의 정치가

바람은 방향을 모르는 항해사를 돕지 않는다.

세네카 Séneca, 고대 로마의 극작가

당신의 미션이 무엇인지 모른다면

미션이 하나 생긴 셈이다.

바로 그것을 찾는 것.

빅터 프랭클 Viktor Frankl, 오스트리아의 정신의학자

날마다 마지막인 것처럼 살지 않는 것은 금물이다.

파블로 네루다 Pablo Neruda, 칠레의 시인

당신 인생에서 필요한 단 한 사람은
그의 인생에서 당신을 필요로 한다는 것을
보여주는 사람이다.

오스카 와일드 Oscar Wilde, 영국의 문학가

＿

기억에서

끌어올린

내 삶의 조각

＿＿

23

＿

여기에 담은 글들은 내 인생의 작은 기억으로 남아 있는 것들이다.

과거의 향기를 들이마시면 현재의 어려움을 이겨내는 데 도움이 된다. 그러니 현재뿐 아니라 과거의 일들도 떠올릴 필요가 있다. 이것은 내 삶의 단편들이지만, 당신이 당신만의 것을 만들 때까지 빌려주려 한다.

이 책을 읽는 이들 모두가 자기 삶의 조각 23개를 찾아내어 거기서 영감을 얻길 바란다. 이 글들은 짧은 시 형태로 쓰였으며, 나의 개인적인 기억들이다. 과거는 현재 행복의 꽃가루와 같은 것이다. 슬프거나 길을 잃었다고 느낄 때, 과거의 반짝이는 조각들이 나의 방향을 바로잡아 줄 것이다. 그러니 행복에 도달할 때까지 그 방향을 따라 나아가라. 만약 필요하다면 이 글과 함께 슬픔에 잠겨도 괜찮다.

슬픔은 부정적인 것이 아니라 우리가 이야기한 인생의 이항식 중 하나이기 때문이다. 많은 경우에 슬픔 또한 뜻밖의 기쁨이 될 수 있다.

과거로 돌아가 보면, 내면의 내가 설정했던 인생의 방향을 보게 된다. 그때는 내면의 내가 인생의 주도권을 가지고 있었기 때문에 더 강한 힘을 지니고 있었다.

이 글들은 과거에서 비롯되었지만 그렇다고 해서 과거에만 존재하는 것은 아니다. 이러한 삶의 단편들은 우리 인생의 첫 번째 경험에 대한 기억이 있는 곳에서 발견되곤 한다.

한마디로 말해, 누구나 가지고 있지만, 그 누구도 공유하지 않는 것이다. 그것은 살면서 수없이 반복했던 것의 기억이거나, 혹은 인생에서 처음 경험한 것이기에 우리의 머릿속에 강렬하게 남아있는 기억이다. 그렇기 때문에 이 조각들은 우리 인생에 매우 중요한 것이다.

상상을 통해서, 꿈이나 향기 또는 정취를 통해서 내 삶의 단편들을 꺼내 올 수 있다.

어릴 적, 어머니는
멍하니 세탁기를 바라보고 있는 나를
나무라곤 하셨다.
어린 나는 어머니의 말을 잘 듣지 않았는데,
세월이 흘러
어머니가 옳았다는 것을 깨달았다.
세탁기만 바라보고 있으면서
내일 아무런 문제도 없을 거라고
생각하다니!*

---

*어릴 적 어머니 말씀을 듣지 않고 세탁기
를 바라보고 있었기 때문에 모든 안 좋은
일이 일어난 것이라는 일종의 재담.

겨울에 낙엽을 태울 때,

떨어진 나뭇잎을 밟을 때,

바스락 소리가 난다.

춥고, 겨울 냄새가 나고,

나는 두툼한 옷을 껴입고 있다.

밤이 되어 집으로 돌아갈 때,

한적한 길을 혼자 걸으며 겨울 냄새를 느낀다.

어려서 아플 때면,
다음 날 학교에 가지 않을 생각에 행복해하곤 했다.
밤이 되면 어머니가 잘 들을 수 있도록 크게 기침을
했다.

다음 날 어머니가 깨우러 오실 때 나는 최대한 아픈
얼굴을 하고서, 어머니가 체온기로 열을 재면 속으
로 쾌재를 불렀다. 오늘은 집에서 노는 날이다!

침대에서 아침을 먹고, 어머니께 만화책을 한 권 가
져다 달라고 한다. TV를 보고, 인형을 가지고 놀고,
앨범을 들여다본다.

하지만 오후쯤 되면 학교 친구가 전화를 걸어
오늘 수업이 무척 재미있었다고 자랑한다.
수업에서 온종일 놀고 장난을 칠 수 있었다고.

내가 오늘 학교에 오지 못한 것이 안타깝다고.
그러면 이불의 무게가 무겁게 느껴지기 시작하고,
아프지 말 것을 하고 후회가 된다.
지겨워져서 침대에서 일어나면,
새것 냄새가 나는 옷을 억지로 입어야 한다.

곧 나는 안 아픈 것이 최고라는 것을 깨닫게 된다.
친구들과 만나 운동장에서 뛰노는 것은
행운이라고….

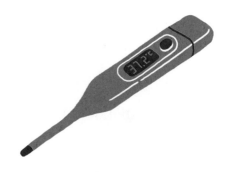

늦은 저녁,
축구를 하다가 급하게 집으로 돌아온다.
집에 도착해서야
친구와 재킷을 바꿔 입었음을 깨닫는다.
주머니를 확인해보니,
그 아이의 삶을 조금이나마 알게 된 느낌이다.
그의 성격, 그가 좋아하는 것, 그의 걱정 등….

일어나길 바랐거나 기다렸던 일은 전혀 아니지만,
우연히 나에 대해서도 조금 더 알게 된다.

내가 좋아하는 것, 나의 약점, 부족한 점….

나중에 옷을 바꾸며
새로운 발견을 서로 교환한다.

귤을 까먹은 뒤 손에 남은 귤 냄새.
학교 식당으로 이끄는 음식 냄새.
테이블 위에 펼쳐져있는
초록색과 밤색의 유리 접시 위에는
맛없는 음식들만 가득 담겨있다.
그러면 곧바로 운동장으로 나가 뛰어놀고 싶어진다.

어느 날, 내가 좋아하던 나의 장점 하나가
없어졌다는 사실을 깨닫게 된다.

예전에는 어떤 일이 일어날지 미리 예상할 수 있었고,
그 누구도 나를 놀라게 하지 못했다.
그런데 어느 날부터인가
모든 것이 새롭고 놀랍게 느껴진다.

아마도 세월이 많이 흘러
세상에서 나의 자리가 바뀌었기 때문이리라.

한여름의 늦은 밤, 12시 혹은 1시쯤.
차를 타고 굽은 도로를 달린다.
아버지가 운전하고,
어머니는 창문에 기대어 잠이 들고.

라디오 아나운서의 목소리 외에
차 안은 조용하다.
나는 창문 밖을 바라보며,
어둠 속에서 갑자기 동물이 튀어나올 것만 같은
생각이 든다.
그러는 동안 다른 차를 지날 때마다
들려오는 엔진 소리.
끼긱, 끼긱, 끼긱….

부모님께서 외식하시거나
학부모 모임에 참석하고 돌아오실 때면….

그분들의 발걸음 소리를 듣고,
내가 깨어있다는 걸 알릴까 말까 조금 고민하다가
결국 일어나는데….

거실의 불이 켜지고 빈집의 냄새가 풍긴다.
어머니가 나의 침대 머리맡에 앉아
이야기를 읽어주실 때,
아버지의 바스락 넥타이 푸는 소리가 들린다….

마법 같은 순간이 있다.

그 순간은 왔다가 금방 사라진다.

바람과 함께 사라진 뒤 기억으로 돌아온다.

마법 같은 순간이 있다.

그 순간은 왔다가 금세 사라진다.

기억과 함께 사라진 뒤 바람으로 돌아온다.

영예가 주어지는 순간이 있다.

내 인생에서 가장 중요하게 기억될 사건.

미래에 영예를 위해 싸울 때 언제나 다시 언급될

그런 사건.

저녁을 먹을 때 나는 가끔 큰 소란을 피우곤 했다.
어머니는 매우 화가 나셔서,
나를 부엌에서 크게 혼내셨다.

나는 음식을 계속 먹을지,
아니면 쓰레기통에 버려버릴지 고민하면서
부엌에 혼자 남아있다.

거실에서는 TV 소리와 말소리가 들려오지만,
단어들은 금세 흩어져버린다.
후식 시간에는 다시 거실로 나갈 수 있을 테니까,
나는 어머니가 내게 물을 때까지 기다린다.

"과일 먹을래, 치즈 먹을래?"

하굣길 친구와 함께 걷다가,
헤어져야 하는 순간(보통 횡단보도를 함께 건넌 후).

친구는 저쪽으로, 나는 이쪽으로….
헤어지기가 무척 싫었다.
우리는 조금 더 대화를 나누고….

그날 오후에,
또는 다음 날 등굣길에 다시 만나
우리의 순수한 우정을 또다시 확인하곤 했다.

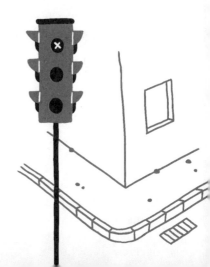

방 청소를 할 때면
내 삶의 조각들을 발견하게 된다.
쓴 기억이 없는 문장,
어릴 적 녹음해놓은 카세트테이프,
종이에 적힌 이름 없는 전화번호….

버리면 언젠가 다시 필요할 것 같아
결국 아무것도 버리지 못한다.
대신 다른 것들을 찢어 버리고
휴지통은 꽉 차 종이가 넘친다.

치워야 할 것 같아 청소를 시작하면,
이상하게 그전보다 더 지저분해지기도….

살아가면서 무엇을 잃는 시기도 있고
얻는 시기도 있다….

무언가를 잃는 것은 어려운 일이다.
아무리 내게 필요 없는 것일지라도,
단지 내 것, 내 소유라는 사실 자체로
그것이 사라져버리면 내 안의 한구석이
텅 비어버리기 때문이다.

얻는 것도 쉽지는 않다.
무엇이든지 얻은 것은 결국 잃게 되니까.
그런데 이미 말했듯, 잃는 것은 어려운 일이다.

나는 가끔 이런 질문을 한다.
왜 이런 일이 일어났을까?
나는 여기서 무엇을 하고 있나?
내 인생은 어떻게 되는 것일까?
어느 순간 무엇을 알아낸 것도 같지만,
이내 Ctrl-Alt-Del를 누른 것처럼
하나도 기억나지 않는다.

그러면 또다시 자문한다….

왜 이런 일이 일어났을까?
나는 여기서 무엇을 하고 있나?
내 인생은 어떻게 될까?

이불 속에서 흐느껴 울던 어느 날 밤,

잠들기 전에 기도하는 일만 남아있었다.

하지만 이번에는

'내일 날씨가 좋았으면 좋겠어요'

혹은 '복권이 당첨되게 해주세요'와 같은 기도를

하지 않는다.

나를 위해서가 아닌, 타인을 위해 기도한다.

그리고 내심, 약간은 부족한 믿음이

기도에 더욱 힘을 실어주는 것만 같다는 생각을 한다.

다음 날, 해가 쨍쨍한 아침,

멋진 옷을 차려입고 외출을 하는데…

인생이 얼마나 짧은지 한탄하는 소리가 들리고,

아버지가 돌아가셔서 흐느껴 우는 친구를 만난다.

인생이 얼마나 허망한지….

얼마나 배우고, 잃고, 잊어야 할까?

인생을 알려면 아직 멀었다는 생각이 든다.

냅킨 위에 몽당연필로 처음 써본 시는
운도 맞지 않고 뜻도 잘 맞지 않지만,
마음속 진심을 담았다.
원하는 것은 가질 수 없다는 생각,
가질 수 없는 것을 원한다는 생각,
원하는 것을 가질 수 있을 거라는 생각에 잠긴다….

다른 사람에게서 그녀의 손길을 느끼고,
다른 사람의 입술에서 그녀 입술의 향기를 맡고,
그녀가 남긴 손길을 만지려,
그녀가 남긴 입맞춤에 입을 맞추려,
그녀가 남긴 향기를 맡으려 애쓴다….
이는 병도 아니고, 망상도 아니고, 편집증도 아니다.
그보다 훨씬 더 악랄한 것이다….

바로 사랑이다.

카세트가 망가지기 직전,
아주 빠른 속도로 노래가 돌아가기 시작한다.
그러면 2, 3초 후에 분명히
카세트가 망가지리란 걸 알고 있다.

모든 것이 천천히, 정상 속도로 돌아가는데
혼자서 미친 듯이 빠르게 돌아가는 카세트.

그럴 때는 얼른 카세트를 빼야 한다고들 하지만,
그러나 용감한 사람들은,
아주 용감한 사람들은 그냥 내버려 둔다.
그 리듬, 그 속도대로 계속 돌아가도록.

$$7 \times 1 = 7$$

$$7 \times 2 = 14$$

7 x 3, 아니야, 말해주지 마.

잠시만, 30···, 아니다.

아냐, 잠시만, 안 돼!

왜 말했어?

21, 그래 알고 있어. 원래 알고 있었어.

복습하지 않아도 돼···. 알았어···.

다시 해볼게.

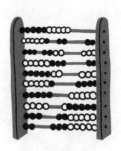

모든 사람이 알고 있는 어릴 적 일화,
누구나 하나씩은 가지고 있다.
두세 번 이야기가 오가서 이미 너무 익숙한 나머지
싫어질 수조차 있는 그런 일화들.
그 이야기를 증명하는 듯한 사진도 있다.
그때의 추억을 담은 스냅 사진.
움직임은 없고,
모두가 얘기하는 대로의 모습을 담고 있다.
그 영상은 절대로 움직이지 않는다.

집 열쇠를
처음으로 갖게 되는 날이 있다.

그 열쇠로
처음 집 문을 열어보는 날이 있다.

그 열쇠를
처음으로 잃어버리는 날이 있다.

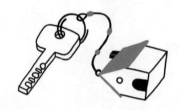

집에 늦게 들어갈 일이 있어
부모님께 알려드려야 하는데….

깜빡하고 이미 밤이 되었을 때,
부모님이 나를 얼마나 걱정했을지 생각하며
기뻐하곤 했다.

나를 걱정해주던 그들을
다시금 걱정시키고 싶지만,
그들은 이미 내 곁에 없다.

손으로 나비를 잡으면, 손에 진균이 남곤 했다.
그러면 그 균을 나의 방에 데리고 와,
나만의 작은 세상을 보여준다.

검은색 지렁이를 만지면 동그랗게 변하곤 했다.
그러면 그 지렁이는
절대 원래의 형태로 돌아가지 않았다.

잠을 이루지 못해 새벽 세 시,
맨발로 화장실로 향한다.
잠옷 셔츠를 벗고,
눈을 감고,
눈을 뜨고,
추위를 느낀다.
옷을 입지 않은 채로 방으로 돌아와
불을 끄면,

드디어 잠이 찾아온다.

—

살아있음을

느끼게 하는

내 인생의 선물

———

23

—

여기에 소개하는 것들은 단순한 나의 추천이 아니라, 중요하고도 달콤한 가위질이다.

여기에 담은 23개의 음악과 이미지, 사진들은 내 삶의 원동력이다. 내가 가장 좋아하는 23가지의 영감을 추천의 형태로 쓴 것이다.

당신이 좋아하는 것들도 옆에 적어 함께 공유했으면 좋겠다.

슈베르트

피아노 3중주 E플랫 장조 Op.100 (1827)

살면서 생기는 모든 문제에 해답을 주는 음악.

오스카 와일드

《옥중기(De Profundis)》(1897)

아픔을 치유해주는 책.
백 년 전 작가의 지독한 아픔에 관해 쓴 글을 읽을 때,
마법처럼 나의 아픔도 사라진다.

굿 윌 헌팅 (1997)
1시간 49분 02초

"네 잘못이 아니야!"
맷 데이먼과 로빈 윌리엄스의 이 명장면은
내 우주의 일부가 되었다.
이 장면은 인생을 관통하며 여러 의문을 해결해준다.

트리톤 식당
스페인 토로엘라 데몬티그리 도로

이 식당에서 구운 홍합요리를 먹으면,
배고픔과 일상의 괴로움을 달랠 수 있다.

산타아나 광장
스페인 마드리드

광장 안에 있는 에스파뇰 극장에서는
연극, 표현, 절묘한 연기를 볼 수 있다.
우울한 마음을 치유해준다.

이탈리아 이스키아 섬

비스콘티 감독, 그리고 영화 〈리플리〉를 만나볼 수 있는 섬.
이 섬은 마치 인간의 생각의 크기에 맞게 만들어진 것 같다.
인생의 의미를 찾는 데 도움이 된다.

아서 밀러
《세일즈맨의 죽음》 (1949)

이 극은 인생에서 중요한 모든 것에 대해 이야기한다.
기대와 실망, 꿈꾸는 것, 나라는 사람과
내가 이룬 것을 받아들이는 것.
재탄생하는 것.
자아를 치유해준다.

〈스탠바이 미〉 (1986)

로브 라이너와 스티븐 킹은 소년들의 영화를
죽음을 이해하게 해주는 하나의 노래로 만들었다.
이 아름다운 영화는 어린 시절의 두려움을 모두 없애준다.

필립 할스먼의 점프 사진

이 위대한 사진작가는 사람이 점프하면
가면이 떨어져 본연의 모습이 보인다고 믿었다.
나는 그 모습이 우리 내면의 모습이라고 생각한다.
그의 사진들은 고독과 슬픔을 달래준다.

얀 A. P. 카취마렉의 영화음악
〈언페이스풀〉 (2002)

이 노래는 설명할 수 없는 마법과 같은 힘을 지니고 있다.
더 나은 세상으로 우리를 옮겨놓는다.

FC 바르셀로나 홈구장
캄프 누

캄프 누, 라 마시아, 라스 코르트스 장례식장이
모여있는 이 장소가 좋다.
인생의 모든 감동을
목격할 수 있기 때문이다.
일요일 오전에는 장례식장을
나서는 사람들을 볼 수 있다.
이곳에서는 삶과 죽음이 교차한다.
오후에는 바르샤의 열광적인 팬들을 만나볼 수 있다.
같은 장소가 즐거움으로 물들며
다른 광경이 펼쳐지는 것이다.
이것이 인생이 지닌 양면성이다.

윌리엄 와일러

그의 필모그래피를 순서대로 살펴보는 것은
모든 면에서 내게 큰 기쁨이 된다.

데이비드 보위
〈모던 러브〉

보위의 노래는 인생, 사랑, 섹스, 감정 그 자체다.
감상하고 즐겨보라.
그런 뒤 레오 카락스의 영화 〈나쁜 피〉를 보면,
그 노래의 입체성에 놀라게 될 것이다.

카초 카스타냐
〈88년 9월〉

이것은 희망의 노래다.
카초의 노래를 들어보면
그가 어떤 주제라도 긍정의 노래로
바꾸어놓을 수 있다는 것을 알게 될 것이다.

〈죽은 시인의 사회〉 (1989)
11분 11초

'카르페 디엠'(현재를 즐겨라)이라는
대사가 나오는 명장면.
이것은 단순한 영화가 아니라 한 세대의 외침이다.
영원한 힐링 영화.

미치 앨봄
《모리와 함께한 화요일》

나의 인생을 바꾼 첫 번째 책이다.
주위 사람들에게 수백 번 선물하기도 했다.
이 세상에서 두려움에 맞서 사는 방법을
잘 알려준다고 생각한다.

끝에서 세 번째 음절에 악센트가 있는 단어

어릴 때부터 끝에서 세 번째 음절에
악센트가 있는 단어들이
나와 세상을 연결해주곤 했다.
침묵을 없애준다.

비스와바 심보르스카

위대한 여성이다.
매일 밤 나는 그녀의 시를 읽으며 경이로움을 느낀다.
그녀의 시 중에 나의 마음을 울리지 않는 시가 없으며,
행복으로 가득하게 하지 않는 시가 없다.
그녀는 과거에도 그랬고 현재에도
이 세상 최고의 시인이다.
그녀의 시처럼, 우유를 마시는 호랑이를 찾아
함께 우유를 마셔볼까?

피카소

〈인생(La Vie)〉 (1903)

피카소의 청색시대(1901~1904) 마지막 그림으로,
모든 종류의 사랑에 관해 이야기한다.
1903년에 제작된 이 작품은
미국 클리블랜드(Cleveland) 미술관이 소장하고 있어
살아 생전 보기 힘들 거라고 생각했다.
하지만 운이 좋게도 2013년 바르셀로나에서
감상할 수 있는 기회가 생겼다.
그의 그림이 내게 운명처럼 다가온 것이다.
그것이 인생이다.

소년과 개구리 인형 (1995)

바르셀로나 람블라스 거리에서
한 소년이 개구리 인형에 뽀뽀하는 장면을
사진에 담았다.
나는 아마 이 사진을 죽을 때까지 가지고 있을 것 같다.
왜냐하면 그 장면은 이 세상에 단 하나뿐이며,
삶의 단편이며,
우리가 잊지 말아야 할 진심이 담겨있기 때문이다.
사진이 궁금하다면 나의 웹 사이트를 방문하거나
내게 직접 부탁해도 괜찮다.
아니면 단순히 상상만 해보는 것도
나쁘지 않다.

〈애증의 세월 (The Swimmer)〉 (1968)

존 치버의 소설과 버트 랭카스터 주연의 영화는
하나의 공통점을 가지고 있다.
바로, 살면서 하고 싶은 것을 하는 광기를 보여준다.

앙투안 드 생텍쥐페리
《어린 왕자》 (1943)

가장 중요한 것은 눈에 보이지 않는 법이다.
그러니 이 훌륭한 책을 읽으며 '왜?'라는 질문을 던져보라.
글자 자체가 아닌, 내 마음속에 남는 것이
무엇인지 생각해보라.

세라 & 사비나

아버지가 즐겨 듣던 가수들이다.
어릴 적 여행을 가는 차 안에서 그들의 음악을 듣곤 했다.
특히 자유로운 사랑을 노래하는
세라의 〈데 카르톤 피에드라(De cartón piedra)〉는
하나의 예술 작품이다.

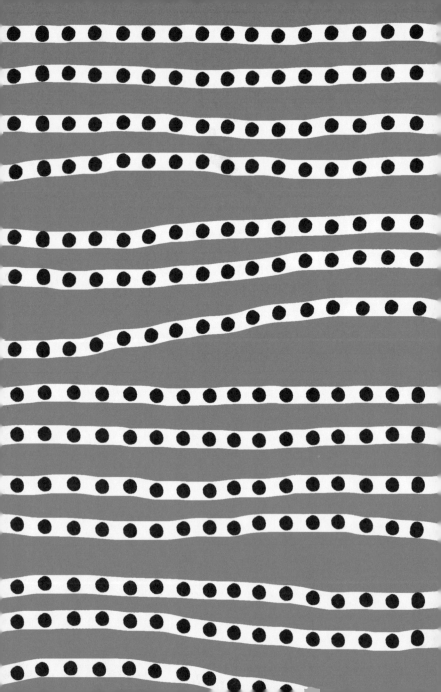

에필로그

마지막 내쉼

지금까지 읽은 1, 2, 3장의 내용들을 통해 행복, 이 세상을 살아가는 방법, 그리고 달콤한 가위질에 대해 영감을 얻었기를 바란다.

이 책을 마치기 전에, 마지막 내쉼, 즉 죽는 것에 대해 이야기하고 싶다. 죽는 것은 슬픈 것이 아니라고 이미 말한 바 있다. 슬픈 것은 열정적으로 살지 않은 것이라고. 누구나 언젠가는 생을 마감하게 된다. 내게 그 순간은 절대로 슬프지 않을 거라고 나는 확신한다.

나의 아버지께서 돌아가셨다고도 이미 이야기했다. 하지만 나는 아버지를 잃지 않았다. 그를 사랑하는 사람들과 그의 삶을 나눠 가지고 마음속에 간직하여, 우리 안에서 그의 삶이 더욱 커졌으니까.

마지막 내쉼은 당신이 들이쉰 모든 것을 내보내는 것에 불과하다. 그리고 당신과 매일 대화를 나누고 항상 함께한 내면의 당신이 당신의 길을 가게 된다.

내가 죽어도 내면의 나는 계속 살아간다. 우리가 두렵지 않도록, 우리가 가르쳐준 모든 것을 간직한 채로 말이다.

우리가 들이쉰 모든 영감이 우리가 죽어도 내면의 나를 계속 살아가게 할 것이다. 이 사실을 깨닫는다면 완전한 행복을 얻게 된다.

따라서 더 많은 영감을 얻을수록, 마지막 내쉼을 위한 준비가 더 잘되어 있을 것이다.

당신의 내면이 어떤 길로 가게 될지, 어떤 방향으로 가게 될지, 어디로 가게 될지 걱정할 필요는 없다. 당신 또한 마침내 내면과 하나가 되어 그 길을 가게 될 것이기 때문이다.

내쉬면, 내가 들이쉰 모든 영감과 지혜가 내면의 나와 함께 떠나게 된다. 그동안 내면의 나에게 보관해왔기 때문이다. 그러니 매일을 살며 내면과 항상 대화하고, 내면을 채워야 한다.

기억하라. 영감을 얻고, 발리가 뛰어난 선수가 되고, 행복한 사람이 되어라. 그런 후 당신이 죽으면, 다른 이들에게 영감으로 남게 될 것이다.

마지막 열한 줄로 나의 바람을 적으며 마치려 한다.

이 책을 즐겼기를 바라고,
영감을 얻었기를 바라고,
변화했기를 바라고,
느꼈기를 바라고,
새로운 느낌을 받았기를 바란다.

여기에 함께 있어줘서,
이 세상에 함께해줘서,
뛰어난 발리 선수가 되어줘서,
당신의 내면과 대화해줘서,
그리고 날마다 살아가줘서,
감사하다.

— ALBERT

기억하라:

당신은 이미 충분히 살았으니

이제 즐길 차례다!

어때요,
행복한가요?

초판 1쇄 발행 2017년 6월 29일
초판 2쇄 발행 2017년 10월 30일

지은이	알베르트 에스피노사 Albert Espinosa
옮긴이	원 마리엘라
펴낸이	이희철
기획편집	김정연
마케팅	임종호
북디자인	디자인홍시
펴낸곳	책이있는풍경

등록	제313-2004-00243호(2004년 10월 19일)
주소	서울시 마포구 월드컵로31길 62(망원동, 1층)
전화	02-394-7830(대)
팩스	02-394-7832
이메일	chekpoong@naver.com
홈페이지	www.chaekpung.com

ISBN	979-11-88041-03-9 03870

이 도서의 국립중앙도서관 출판시도서목록(CIP)은 서지정보유통지원시스템 홈페이지
(http://seoji.nl.go.kr)와 국가자료공동목록시스템(http://www.nl.go.kr/kolisnet)에서
이용하실 수 있습니다. (CIP제어번호 : CIP2017012433)